惡魔高校DxD

超級英雄的考驗

DX.5

石踏一榮

ICHIEI ISHIBUMI

Kadokawa Fantastic Novels

彩頁、內文插圖／みやま零

目錄

那一天，百貨公司——化為伏魔殿了。

出自〈我家龍神大冒險〉

Life.1 復活的？不死鳥

我們還在對抗李澤維姆率領的邪惡之樹的那一陣子。

事情發生得非常突然，那個男人來到了兵藤家。

「人類世界的空氣果然和我不合。」

在貴賓室的沙發上裝模作樣地這麼放話的——是萊薩．菲尼克斯！沒錯，來訪者是莉雅絲的前未婚夫萊薩。

「夠了吧，兄長大人，別擺架子了，快告訴我們有什麼事情好嗎？」

身為萊薩的妹妹的蕾維兒看見哥哥的態度，在嘆氣之餘仍如此催促。大概是因為萊薩來得太過突然了吧，在家裡接待他的只有我、莉雅絲、蕾維兒而已。

到場的只有三個人。如果是以前的萊薩看到這種狀況……

「我都來了莉雅絲的眷屬卻沒有到齊是什麼意思！」

或許會不爽地這麼說吧，但在這方面他好像已經穩重多了，看起來不是很在意的樣子。

萊薩乾咳了一聲清了清喉嚨，鄭重其事地說：

「其實是這樣的，我在想差不多該決定我的新『眷屬』了。希望妳可以協助我。」

說著，萊薩從懷裡掏出一顆「主教（bishop）」棋子。是未使用的棋子。沒錯，萊薩和他的親生母親交易了他的「主教」蕾維兒。因此，目前蕾維兒是她的母親的「主教」，而萊薩的「主教」有一個空位。換句話說，萊薩的眷屬目前還不是完整陣容。聽說他正在考慮在排名遊戲界正式復出，大概是要開始正式處理這件事情了吧。其中一個重要因素我想就是增加新成員了。在排名遊戲的世界光是加入一名成員，戰術就會完全改觀，實際上，多了一名夥伴，戰鬥方式也會跟著改變……不過在暴力輾壓型的吉蒙里眷屬當中也是象徵性人物的我好像沒資格說這種話就是了。

莉雅絲點了點頭，接著開口：

「要決定新的眷屬是吧。要我協助你是可以……不過該怎麼說呢，這種提議真不像是你的作風。」

莉雅絲略顯困惑。

我猜，在莉雅絲看來，萊薩應該是想要新的女性成員，而找前未婚妻協助自己做這種事情是令她難以理解的行為吧。

「我要找後宮成員所以妳這個前未婚妻也來幫我的忙吧」——他等於是在這麼說嘛。身為莉雅絲的男友，我也不能這麼隨便聽過就算了，所以用不至於太冒犯的言詞說道：

「就算你們原本有婚約，叫前未婚妻幫你找新的女生也不太對吧？」

聽我這麼表示，萊薩說出了意想不到的答案。

「嗯。這個嘛，新的眷屬是女的當然是最好……不過我想也可以將就一下，即使有個男的加入也無所謂。」

…………

……由於答案真的太出乎意料，我的腦袋瞬間變得一片空白。我身旁的莉雅絲也一樣在聽見萊薩的發言時像是時間暫停似的整個人僵住。

隔了一拍之後，我和莉雅絲同時大叫。

「「咦咦咦咦咦咦咦！」」

那當然了！那個萊薩耶！給人最深刻的印象就是沉迷女色的菲尼克斯家三男耶！以女性成員構成所有眷屬，實現了後宮的男人……竟然說找男眷屬也可以！

不可能不可能不可能不可能不可能！

我不禁陷入混亂，在腦子裡不斷大喊「不可能」！這件事對我造成的衝擊就是如此強烈！我不經意地看向蕾維兒──只見她驚嚇到眼珠子都快蹦出來了，連嘴巴也闔不起來。看來她對自家哥哥的言行也是打從心底感到驚訝吧。

「兄、兄、兄、兄、兄、兄、兄兄兄兄兄兄兄兄兄兄兄兄兄兄兄長大人！您是不是生了什麼病啊！太奇怪了太奇怪了！」

大概是連妹妹也露出那種表情的緣故吧，萊薩露出略顯不開心的表情說：

「……我找男人當眷屬就那麼奇怪嗎？」

「「「嗯、嗯。」」」

萊薩的問題讓我們三個人同時點頭。看見我們的反應，萊薩垂頭喪氣了起來。

但他隨即搖了搖頭重振氣勢，指著我大喊：

「總而言之！赤龍帝，兵藤一誠！我總算約到你的時間了。這次你得盡可能地協助我！走吧走吧，現在立刻開始轉移到冥界的菲尼克斯領去！」

如此這般，我們帶著幾名手邊沒事的神祕學研究社成員跳躍到冥界去了。

——於是場景一變，我們（我、莉雅絲、蕾維兒、共襄盛舉的教會三人組和小貓、加斯帕這對後輩）透過轉移魔法陣抵達的地方，是菲尼克斯家的城堡！

以前，我曾經來過這裡。是為了幫萊薩走出繭居狀態而來找他的時候。

「公主殿下！歡迎回來！」

「啊啊，蕾維兒殿下！我好擔心您啊！」

菲尼克斯家的傭人接連聚集到蕾維兒身邊。看來蕾維兒對於在這座城堡裡工作的人而言是令人景仰的公主呢。

至於另一個菲尼克斯家的人……

「萊薩大人，上次交給您的文件麻煩快點簽名。」

「少爺！您前幾天沒有請假就丟下公務是什麼意思！」

「等、等等，你們稍安勿躁！先別說我了，有客人來，快接待他們！」

萊薩則是被傭人斥責個沒完，形成強烈的對比。該怎麼說呢，這幅光景要說很有萊薩的風格確實也沒錯。莉雅絲也是一副扶額嘆氣的樣子。假如莉雅絲成了萊薩的老婆，或許每天都會碰上這種場面吧。

……不對不對！莉雅絲才不會變成萊薩的老婆，我也有娶她當老婆的氣概了！……不過這件事情晚點再說，現在重要的是我們被帶到這裡來的理由。

我們在萊薩的帶領之下在走廊上前進。萊薩說：

「其實，明天這座城堡將成為選定新眷屬的大型考試會場。至於兵藤一誠，我想請你到場當選定眷屬的評審之一。」

……真的假的？這個請求也是出乎意料呢。他說希望我協助他挑眷屬，我本來還以為是想叫我介紹合適的人選，或是問問我的意見而已。沒想到，居然是要在這座城堡裡舉辦挑選眷屬的考試，還要我當評審！

萊薩一臉過意不去地對莉雅絲說：

「不好意思，莉雅絲，除了兵藤一誠以外，我還想借妳的兩名『主教』來協助我。我這次要招募的名額也是『主教』，應該可以當成參考。只是——」

「我不要參加審查比較好對吧……感覺會被當成八卦。」

莉雅絲接在萊薩之後這麼說。萊薩也簡單用一聲「抱歉」道了歉。兩人原本是未婚夫妻，婚約告吹的時候在冥界也成了轟動一時的大八卦……話、話說回來，那件事和我也有很深的關係就是了。畢竟闖進會場搶走莉雅絲的罪魁禍首就是我。

據說，到頭來在後續的報導之中，都揣測是莉雅絲和我談了「門不當戶不對的戀愛」才會導致這種結果。也因為有這樣的過去，曾經發生過糾紛的兩人如果和樂融融地連袂出現在「萊薩・菲尼克斯的眷屬審查」中的話，被媒體知道了肯定會成為焦點，鬧得不可開交。話雖如此，找前未婚妻的眷屬來當評審感覺也會引發不必要的風波……還是其實勉強ＯＫ嗎？

在大家也都知道這些前提的狀況下，潔諾薇亞問萊薩。

「不過，明明要挑的是自己的眷屬卻找一誠來審查，對於莉雅絲社長的前未婚夫先生而言不會覺得心情複雜嗎？」

潔諾薇亞說出這種中肯到不行的意見。

我也這麼覺得。說起來，我對於萊薩而言算是情敵。雖然最近我們經常用通訊魔法陣交談，但是「由我在這麼重要的考試當中當評審真的好嗎？」這樣的想法讓我在不敢當的同時也感覺到疑惑。

萊薩轉過頭去嗆聲。

「哼！我、我純粹只是想利用赤龍帝的知名度罷了！」

啊——他的意思大概是想利用我身為「胸部龍」的名氣，讓更多人響應這次招募吧。這樣就簡單明瞭多了。

然而，蕾維兒忍不住咯咯嬌笑，露出戲謔的笑容說道：

「哎呀，兄長大人真是的，老實說出來不就好了嗎——就說您想參考一誠先生的意見，想和他一起審查不就好了嗎？誰教您沒有其他比較親密的男性友人了，對吧？」

對蕾維兒的這句話，萊薩表示「少、少多嘴！」地放聲怒罵，卻仍滿臉通紅了起來。

……親、親密的友人是吧。真不知道該感到榮幸，還是該有心情複雜的感覺。我也不知道該作何反應。

這一天，我們為了隔天要舉辦的考試不斷開會討論到深夜。

隔天——

我第一次在菲尼克斯領迎接早晨……昨晚連蕾維兒的母親也現身，鄭重款待了我們。萊薩不知為何也盡情地喝酒、盡興歡唱，看起來心情非常好的樣子。菲尼克斯家的現任宗主和比較年長的兩位哥哥都因為工作而不在城裡……不過比起待在吉蒙里城還是讓我感到拘謹而緊張。

完成早上的準備工作之後，我離開了提供給我的房間。我不經意地從城堡的窗戶看向外面——看見的是通往大門的一長串隊伍！不只菲尼克斯領，通過書面審查的參加者來自冥界全境，一大早就集合過來了。或許是因為招募的時候不分男女吧，因此能看見許多男性惡魔的身影。至於種族，光是從窗戶大略看了一下，隊伍裡面以人型的惡魔為首，還有高大的獸人，甚至連魔物和巨大的龍族都有！

……唔、嗯——名額明明只有一個，卻搞到這麼盛大。雖然已經有書面審查了，隊伍的人數還是超過千人。接下來要透過數次測驗進行篩選。雖然說要招募眷屬，但這次也不見得能補上這個缺額。身為主人的萊薩對所有參加者說不的話就到此結束，留待下次機會。

那當然了。現代的上級惡魔最多只能收十五名眷屬。發放的棋子只有這麼多。而且在只剩一顆的狀況下，挑選起來應該會更為講究吧。將來到了棋子只剩下一顆的時候，我挑起眷屬大概也會很慎重。

然而，惡魔世界在下級和上級之間依然有很深的鴻溝。對於下級惡魔而言，成為上級惡魔的眷屬是出人頭地的重大的第一步。對於有野心的人而言，「惡魔棋子（evil piece）」是搶破頭也想弄到手的東西吧。

「請用～這是麵包。是有天界標章的恩典麵包喔～」

……我從窗戶看見熟悉的天使小姐。伊莉娜正在發麵包給排隊的人……她在這種地方開起「伊莉娜麵包坊」了嗎！家庭麵包坊天使在哪都會冒出來是吧……

……總之，對我而言這次考試也是大好機會。我將來也想成為上級惡魔、擁有眷屬，既然有這樣的願望，在考試當中擔任評審也是非常重要的經驗。萊薩和我有類似的想法——都很喜歡後宮也是非常棒的重點！今天我要盡情享受！

「這也是為了成為後宮王！我要認真當個好評審！」

——如此重振氣勢之後，我走向當作集合地點的會議室。

我們在會議室針對考試的內容和我們的工作進行最終確認。

主要的考試由菲尼克斯家負責進行，由萊薩全面主導。我們當中最重要的是擔任評審的我、愛西亞、加斯帕。之所以讓愛西亞和阿加也擔任評審，是因為主辦方面希望他們以「主教」的身分參加。人稱新生代第一，前途無量的莉雅絲・吉蒙里眷屬當中擔任「主教」的兩人，在萊薩看來似乎也是無從挑剔的人選。

相對地，我的參加則是絕對條件。畢竟，這次考試招募的要素之一就是標榜「赤龍帝・兵藤一誠也將以評審身分參加！」嘛。對於菲尼克斯家而言，事到如今已經無法收回了。

「一誠先生，您看到那條隊伍了嗎？其實，其中也包括了聽說一誠先生要來才參加的人喔。」

蕾維兒這麼說。

……聽說，對渴求這類考試的惡魔而言，赤龍帝的存在似乎比本人所認知的還要強烈，似乎已經有一大堆人，不分男女，都在覬覦我的眷屬名額。對他們而言，我升格為上級惡魔是時間早晚的問題，在這種考試當中光是露臉都是一件很有意義的事情。換句話說，能夠成為菲尼克斯眷屬自然是謝天謝地，但即使沒能如願，只要能夠在這裡被我注意到，考慮到前途都已經是充分的收穫了。

……唔哇……聚集眷屬還真是牽涉到各種欲望的一大盛事，超乎我的想像呢。明明還不知道能不能成為上級惡魔，但在他們心目中，爭奪我的眷屬名額的競爭早就開始了！……感覺今天我會很害怕視線……！

「……請小心，一誠學長。根據推測，恐怕會有女性惡魔以賣弄風騷的伎倆吸引一誠學長的注意。生米煮成熟飯之後再逼迫對方讓自己加入眷屬這種事情時有耳聞。」

小貓如此叮囑我。

……原來如此、原來如此。知道我對女性沒有抵抗力而賣弄風騷！試圖以女體釣我上鉤當作對未來的投資是吧！這、這樣倒也挺吸引人的……！

「如果是好女人的話，我可不會讓給你！我要自己收下！」

我被萊薩這樣牽制！可惡！真想早點得到專屬於我的棋子！在一旁看別人建構後宮真是難以承受的煎熬啊！

莉雅絲一邊看著記載概要的文件，一邊問萊薩：

「話說回來，居然讓男性也能夠參加，真是太驚人了。」

嗯，莉雅絲說的沒錯。實現了後宮的男人竟然會覺得最後一個名額讓男人加入也無所謂。就連他的親妹妹蕾維兒都說「是啊，真是太驚人了」來同意莉雅絲。

萊薩將頭髮往上撥，然後苦笑道：

「……好吧，這也難怪。這樣不像我的作風。該怎麼說呢，我也算是有了心境上的變化吧……莉雅絲和塞拉歐格．巴力，看著新生代的惡魔們表現，身為前輩的我很有感觸。」

……原來如此。莉雅絲和塞拉歐格等人被稱為新生代四王（rookies four），在尚未參加排名遊戲的惡魔當中被視為期待的新星，冥界內外無人不知無人不曉。身為現役排名遊戲選手的萊薩不可能不在意。將來他們參加排名遊戲的時候，非常有可能以強敵之姿擋在自己面前。不把他們當成一回事才奇怪。

萊薩繼續說了下去。

「以女性成員構成隊伍。男性『國王(king)』做出這種事情，或許看起來會像是出自喜好，不過只要各自的能力能互補，這樣也是一支足以運作的優秀隊伍。我也有一部分是依喜好在收集眷屬……不過這對於上級惡魔而言並不是什麼稀奇的事。建構自己心目中的眷屬也可以說是出生在上流階級者的特權……雖然鋪陳了這麼多，不過我最近也開始覺得──下一個世代，正在和眷屬建立超越主從關係的羈絆。」

萊薩看向莉雅絲。

「以莉雅絲而言……就是愛情吧。她憐惜眷屬的作風在冥界也很有名。塞拉歐格．巴力則是和眷屬抱持著遠大的野心──帶著夢想一起前進。這種……該怎麼說呢，應該算是原則嗎？不對，稱之為隊伍的原動力或許比較正確吧。我不禁感覺到，我──我的隊伍並沒有那種東西。」

萊薩抓了抓臉頰，如此表白。

……原則，夢想是吧。的確，莉雅絲和塞拉歐格、蒼那會長也都抱持著夢想、目標在勇往直前。那是我們前進的指標，是推動隊伍不可或缺的原動力。

萊薩繼續說了下去。

「在這層意義上，我想要一個能夠為隊伍帶來新鮮空氣的傢伙。可以的話，當然是女性比較好，不過如果能夠帶來革新，我也不排斥男性。」

……這個人真的變了呢。一開始遇見他的時候，我還覺得他是個尖酸又好色的貴族，但每見一次面他的態度就軟化一點，現在終於還說出這種論調來了。一旁的蕾維兒也拿手帕擦拭著眼角。

「……嗚嗚，兄長大人。您有所成長了呢。身為您的妹妹我都開心到流淚了。之前那個只顧女人、女人、女人、酒、錢、女人的兄長大人居然變了這麼多……！」

對於妹妹的告白，即使是萊薩也略顯困惑，以高亢的聲音這麼大喊。

「別、別搞錯了！我確實說願意讓男性加入，但可不是那種近女色的傢伙！我要收為眷屬的只限於對武勳的興趣勝過女人的純正武者，或是無關緊要的草食系！我不會讓他對我的女人們下手！」

他嘴上這麼說，但我覺得在高壓式的態度銷聲匿跡時就已經證明他果然改變了。

「最後再補充一下，我還在招募條款中加了『盡可能是妹妹路線為佳』這一項。蕾維兒離開所造成的空缺，我還是想用同樣的屬性補起來。」

萊薩如此主張自己的堅持。大家都歪頭不解，但是我懂！沒錯，果然妹系就是棒！今天我也想好好審查這方面。

針對各方面進行了最終確認後，考試終於開始。

「誰想當我的眷屬，就一路贏到最後！讓我們一起在排名遊戲的歷史上留下名號！」

「喔喔喔喔喔喔喔喔喔喔喔喔喔！」

在所有參加者集合到城堡的廣大中庭後，萊薩做了開幕宣言。參加者們宛如怒吼的吶喊聲響徹雲霄。

……話說回來，參加者們的狀況真是驚人。光是氣勢就讓我的皮膚感到一陣刺痛。

身為評審的我和愛西亞、阿加坐在設置於中庭的座位上，觀看會場的狀況。現在還沒輪到我們上場。首先，要透過各個考試縮減人數。差不多在減少到兩位數的時候將進入最後階段，才會開始反映我們的意見。

參加者將進行的考試，一開始是肌力測試，還有魔力適性、棋子適性（和各種棋子的匹配度）等，五花八門。接著對照政府發表的眷屬惡魔平均能力值一一評價參加者。各項能力平均都很高當然是必要因素，但如果有極端突出的項目也是加分重點。像是體力或魔力特別優秀，或是具備特別的能力——神器（sacred gear）之類的，即使其他能力略遜一籌也會得到很大的肯定。

換句話說，突出的力量也是眷屬惡魔的必要因素。不過，這次都是惡魔所以大概沒有任何神器持有者吧。

畢竟排名遊戲是團隊戰鬥。隊友之間只要以長處互相彌補短處就行了。所以，只要有一項能力特別突出便足以成為武器，更是自我推銷的重點。

……眷屬惡魔的評價基準採取能力主義，但平民惡魔的生活和上級惡魔之間的交流卻會牽涉到階級和家世。該說這樣的結構很複雜嗎……正因為如此，排名遊戲在冥界才會在各種層面都備受矚目。只要有一舉逆轉人生的機會，即使是平民出身的惡魔也能懷抱夢想——之類的。

——一般而言，上級惡魔的眷屬惡魔審查就是這個狀況。原則上，還有排名遊戲的主辦團體專屬的評審在嚴格監控各項考試。既然如此，請專屬評審看到最後不就好了？雖然我也這麼想，不過最後決定的時候好像還是由即將成為主人的惡魔自行判斷即可。以這次來說，則是萊薩決定將最後的審查交給我們。聽說也有惡魔全部丟給專屬評審就是了。

如此這般，考試已經在會場的各個地方開始了。有的地方響起歡呼聲，有的地方則是傳出失望的聲音。

哎呀——話說回來，還真是有許多值得學習的地方呢。原來如此、原來如此……我在筆記本上寫下注意到的事情。有像這樣的考試，不過像莉雅絲那樣憑感覺決定的狀況也很多。

這個部分應該是因人而異吧。這種考試我會想要嘗試個一次看看。那些我自己不太有辦法去找的人才，或許會依據情報前來參加也說不定。

正當我像這樣興致勃勃地到處觀察時——

「請問～是赤龍帝大人嗎～？」

一道嬌滴滴的女聲傳來。我把視線移過去——看見的是波濤洶湧的胸部——！一名身穿胸前大膽敞開的服飾的性感大姊姊對我露出挑逗的表情。

我緊張地吞了一口口水，視線固定在胸部上，點了點頭。

「是、是的，我就是赤龍帝……」

我如此回答後，大姊姊便開心地靠了過來！她牽起我的手往胸口拉過去。

「人家啊～是赤龍帝大人的忠實粉絲～真的是從第一次在電視上見到您的時候～就是，該怎麼說呢～就有一種心跳加速～興奮不已～像是心動的感覺說～」

大姊姊用撒嬌的嗓音對我這麼說！這、這肯定是美人計吧！我在大姊姊的眼睛深處感覺到的——是慾女盯上獵物的眼神！小貓剛才也說過！她說已經有惡魔盯上我了！這、這位大姊姊肯定也是在覬覦我未來的眷屬名額！

沒錯，理智上我很清楚！我很清楚這有多危險！

可、可是……！因為我沒有像這樣被大姊姊主動進攻的經驗！因為我是第一次！因為我很開心！一、一不小心就！

「這、這樣啊～！哎呀～真傷腦筋啊～！」

就像這樣，我暈陶陶地露出一臉色瞇瞇的表情！我很清楚！理智上我很清楚！但是，我也沒辦法啊！難得有機會被女生這樣倒追耶！

我的本能！沒經驗的男人的本性，凌駕了我的理智！

大姊姊牽著我的手。

「那、那個～我們可以……去那邊，兩個人獨處聊一下嗎……？」

然後指著隱密的角落，極盡強調之能事晃蕩著她的胸部，同時甜到不能再甜的聲音對我這麼說！

——生米煮成熟飯！

這句話竄過我的腦海！兩個人獨處的時候她要幹嘛！生米煮成熟飯是要做什麼事情！我感覺腦袋快要沸騰了，越來越想確認生米煮成熟飯的真相！

「一誠先生！不可以！回家以後就有很多一誠先生最喜歡的胸部了！」

同為評審的愛西亞也為了讓我恢復正常而牽起我的手。正當我不知道該如何是好而感到困惑時，有人將女子的手抽離我的手。

——是蕾維兒。

我的經紀人堅定地介入其中，站在女子面前。

「兵藤一誠先生這次是以評審的身分列席。請不要做出多餘的接觸——否則將被視為舞弊行為，被判失去資格喔？」

看見她堅毅的態度，原本積極的女子也表示「對、對不起～」便退開了。

不愧是我最能幹的經紀人！保護我不遺餘力！

蕾維兒轉過頭來，指著我說：

「真是夠了，一誠先生！小貓同學不是說過希望您小心嗎！既然身為赤龍帝，就應該更振作一點！幸好莉雅絲大人和潔諾薇亞小姐不在這裡。要是她們在，早就惹出問題來了。」

蕾維兒如此叮嚀我。真是太沒面子了。讓蕾維兒看到我窩囊的一面。不、不過，原來真的有女惡魔會誘惑我啊。這、這下我得多留神才行了……！對於無法抗拒女人的我而言，她們是比瓦利和邪龍還要棘手的強敵！

順道一提，為了避免不必要的八卦，莉雅絲正在和蕾維兒的母親開茶會。至於潔諾薇亞似乎很好奇各項考試的內容，在遠處觀望著參加者們。

蕾維兒嘆了一口氣，調整心情並說道：

「審查的部分請各位再稍等一下。」

蕾維兒為我們幾個評審泡了茶。她一邊放下茶杯，一邊接著說：

「兄長大人的眷屬當中也有在這種審查當中留下，最後成功加入眷屬的人。」

「是喔～那麼，萊薩還滿常舉辦考試的嘍？」

聽我這麼一問，蕾維兒露出微笑。

「視情況而定吧。還有人是他出差時找回來當眷屬的呢。家兄雖然是那種個性，但是並不會強逼人家轉生喔。他意外地都是在雙方同意之下收眷屬的。」

噢，這我大概能理解。萊薩雖然很愛裝模作樣又是那種少爺作風，但應該不是會以所謂的惡魔條件找眷屬的那種類型。這種事情，看他的眷屬就知道了。正好，現在也是——

「萊薩大人，您要選怎樣的人啊？」

「又是女生嗎？像蕾維兒那種妹妹型的？」

「聽說要加男生，真的嗎真的嗎？」

「真的嗎真的嗎？」

菲尼克斯眷屬的女生們聚集在守候考試的萊瑟周圍。

「妳們幾個，稍微認真注意一下考試好嗎？裡面可能有妳們的新隊友呢。」

萊薩也是一副司空見慣的樣子，一邊嘆氣一邊這麼叮嚀她們。

正當我因為萊薩眷屬令人莞爾的互動而感到心頭一陣暖意時，中庭的一角傳出激烈的破碎聲！煙塵飄揚，震動透過空氣傳了過來！而且還不只一個地方！這個現象同時發生在好幾個地方！

面對這突如其來的狀況，我忍不住站起來四處張望！就在這時，莉雅絲低調地從我的背後現身！

「呵呵呵，看來，他們表現得很活躍呢。」

她做出這種意有所指的發言。看來，她對這個現象有頭緒。

「這是怎麼回事？」

莉雅絲回答了我的問題。

「是這樣的，這次以出借我的眷屬為條件，我請萊薩接受了我的提議。」

提議？正當我心生疑惑時，一股熟悉的聲音傳進我的耳中。

「──呵呵呵，沒有人能夠贏過我的全力衝刺！」

一邊這麼說，一邊在中庭暴衝的是個看起來像人又像鳥的奇怪生物！

──那、那個傢伙，是來自神戶卻是名古屋交趾雞鳥人的高橋輝空！

沒錯！是駒王學園網球社社長，同時也是魔物使的安倍清芽學姊麾下的鳥人！為、為什麼那個走三步就會忘記一切的健忘傢伙會在這裡……？

然而，衝擊不止這件事！在別的考試項目中，一個沒有頭的甲冑騎士扛起測試用的巨岩！那個沒有頭的甲冑騎士我也見過！

「那、那是無頭騎士，無頭．本田！那不是我的心靈之友，無頭．本田嗎！」

那也是和安倍清芽學姊有關的魔物！

——接著我忽然感到一陣寒意。一陣寒氣籠罩住中庭！

「嗚吼吼吼——喔喔喔喔喔喔喔喔喔喔！」

野獸的咆哮伴隨著捶胸的聲音響徹四周——站在那裡的是一隻發出冷凍吐氣的白色猩猩！不對，是雪女——雪猩猩！

——克、克莉，不對，是猩莉絲蒂！

白色的影子不只一個！

「唔吼吼吼吼吼（爆）」

還有另一隻發出豪邁笑聲的猩猩！那隻……大概是克莉絲蒂的姊姊史蒂芬妮吧！猩猩姊妹為什麼會出現在這裡啊！

「猩猩！猩猩！鳥！鎧甲！」

我指著他們如此大喊！

莉雅絲表示：

「是啊，因為安倍同學這樣對我說了。」

『吶，莉雅絲同學。我的魔物不知道有沒有足以被招攬為惡魔的眷屬的實力喔。如果有機會的話，我真想嘗試看看。』

面對畢業在即的同學如此請託，莉雅絲也表示「有機會的話」勉為其難地接受了……結果正好萊薩要招募眷屬，於是她就安排他們參加了！

「反正即使沒有書面審查大概也會被刷掉，所以我就叫他們來參加當成紀念了。」

雖然莉雅絲是這麼說啦！

「太慢了太慢了！我的速度沒有人能……怪了，我為什麼會在這裡啊？不對，或許正因為如此，我才能夠尋找自我吧……呵呵呵。」

在高速移動的同時忘記了自己，開始尋找自我的鳥人。

「…………」

開始用巨岩玩雜耍的無頭甲冑騎士。

「唔吼吼吼吼！」

「唔吼、吼（汗）」

一邊吐寒氣一邊談笑的猩猩姊妹。

我覺得他們顯然正在輕鬆通過考試啊！

「嘿嘿，冥界的空氣也不壞嘛。」

另外，還有一隻河童一邊這麼說，一邊變出巨大的水柱！啊——我也見過那隻河童！

「那是沙羅曼蛇．富田！怎麼會，連河童都來了嗎！」

小貓崇拜的河童饒舌歌手！不知何時來到我身邊的小貓說道。

「……他是我的推。」

小貓豎起拇指，自豪地這麼說……她的推是吧……我真想大聲叫他回去用他自豪的小黃瓜做押壽司就好……！

「巴——！果——！」

發出雄壯的吼叫聲，同時一舉將數十名對戰選手打飛的——是某個頭戴可愛版蘋果吉祥物的不知名人士！不對，那個吉祥物，分明是巴力領的「巴果君」吧！

莉雅絲見狀露出微笑。

「塞拉歐格——不對，巴果君好像也來了呢。因為想要吉祥物參加者，我姑且問了他一聲。而且他好像也對這種考試有點興趣。」

——真的連塞拉歐格都來了嗎！

儘管因為驚奇連連而合不攏嘴的我跟不上進度，考試仍繼續進行了下去，終於進入最終階段了。

「…………」

坐在評審座位的萊薩露出一臉凝重的表情。坐在萊薩身旁的我也可以感受到他的不悅。

通過各項考試，留到最後階段的人，站在設置好的舞台上。

從左邊開始，有高橋輝空、無頭・本田、克莉絲蒂&史蒂芬妮姊妹、沙羅曼蛇・富田、最後是巴果君的這種異次元陣容。如果我是這次的主辦者，應該會毫不猶豫地落跑吧。然而，萊薩的自尊心太強烈，這次又叫了我們來，總不能說出那種話來，只能一直擺出苦不堪言的表情忍耐下去。

莉雅絲似乎沒想到自己叫來的人會全部通過考試，顯得有些困惑。莉雅絲真是迷糊。這個陣容當然會通過考試啊。他們可是非人者中的非人者啊……

站在台上的是臨時變成最終考試的司儀的是我們的天使——伊莉娜！

『呃——各位！今天阿們了沒呀——！事情就是這樣，針對萊薩・菲尼克斯先生的「主教」舉行的審查終於也來到最終考試了！各位接下來要在評審面前開始自我推銷——！』

相對於情緒低落不已的我和萊薩，伊莉娜顯得精神百倍。

萊薩以只有我聽得到的聲音問我：

「……吶，兵藤一誠……裡、裡面沒有半個女人耶……」

「啊，呃……看到那邊的猩猩了嗎？那是女生。」

「…………我聽不懂人類世界的語言。用我也聽得懂的話再說一次。」

「不，你是惡魔耶！任何語言你都聽得懂吧！我說，那邊的白猩猩是女孩子喔。」

萊薩默默以手掩面，指縫間傳出模糊的聲音表示「……好喔」。看來他的精神受傷了。

「……順便問一下哪隻才是母的？我無法判斷。」

「兩隻都是母的。那兩個女生是一對姊妹喔。」

「…………讓我哭一下。」

萊薩雙手掩面。一點閃爍隨著亮光滑過他的臉頰。然而，時間依然無情地不斷流逝。

『那麼，請各位開始自我推銷——！也別忘了強調自己的妹妹屬性喔！』

在伊莉娜的主持之下，地獄般的自我推銷時間揭開了序幕。

首先第一個是鳥人．高橋輝空。

「午安。呃，這是畢達哥拉斯家的考試嗎？不，或許是加拉巴戈斯群島家也說不定。我的家族順著族譜推回去可以追溯到復活節島——不對，或許是清明節島也說不定。應該說，我為什麼會誕生在這個世界上呢……話說回來，如果要說我是不是妹妹的話……這個嘛，這個問題很複雜，不過真要說的話，我或許算是妹妹類型也說不定。畢竟，最近妹妹正逐漸變成一種很廣泛的類型嘛——女部加上未，妹。也許，這當中其實有很深奧的意義喔？」

不只目的，甚至連存在意義都已經忘記的那隻健忘鳥，後來在開始不到幾分鐘就不知道飛到哪去，再也沒有回來了。

「女部加上未寫成妹……果然，光聽人家說自己是走妹妹路線還是不行的吧……！」

不知為何，愛西亞似乎對那隻鳥的說詞深受感動，給予他相當好的評價。

第二個是無頭．本田。

「…………」

由於他無法說話，便拿起素描簿……表演起漫談來了。不知為何，這似乎戳中了加斯帕和潔諾薇亞的笑穴，兩人從頭到尾笑個沒完。我們則是忍不住苦笑。

為了好友本田，我無條件給了高評價。這種考試早就沒有什麼基準可言了吧！

第三個是那隻河童，沙羅曼蛇．富田。

小貓占據了距離舞台最近的座位，呈現出瘋狂粉絲的姿態。眼神也是閃閃發亮，像見到崇拜的明星似的。那隻河童到底有什麼特質可以牢牢抓住貓耳少女的心啊……

倒著拿起麥克風架，河童說：

『勉強要說的話，我應該是──一陣風。風之精靈──西爾芙……並不是妹妹。絕對不是什麼可愛的東西──是西爾芙。虛無縹緲，如風消逝……即使是這樣不也很好嗎，所謂的妹妹……！妹妹可不是會永遠待在大哥身邊的人──妹妹是，西爾芙。』

小黃瓜農家的第二代以裝模作樣的語氣這麼說。

不，你冠上的名字分明是火之精靈沙羅曼蛇吧！

『請聽我的新歌——「河童也想在不會轉的壽司店工作」。』

「……終於等到了！」

接著突然開起了演唱會，嗨起來的小貓則流下感動的淚水。自我推銷時間已經變成專為小貓舉辦的獨唱會了。有的時候我還真搞不懂小貓……

第四個——是巴果君。

站到台上的塞拉歐格——巴果君拿出巴力領的特產蘋果，輕而易舉地捏爆，擠成果汁。

巴果君將剛榨好的鮮果汁遞給萊薩。

「兄長大人，你不嫌棄的話我每天都可以提供現榨的果汁。」

至於萊薩本人聽了這句話則是……

「……討厭，這句台詞的殺傷力也太強了吧……害我不小心覺得這樣也不錯……」

大概也因為之前的種種都太過勁爆了吧，萊薩簡直就像是感性已經崩潰了似的，看起來好像因為蘋果布偶裝說的那句話而大感心動的樣子！

快回來啊，萊薩！那個人可不是妹妹！是男子漢當中的男子漢！肌肉發達到快爆掉了！

不過，因為是塞拉歐格，我也忍不住給了高評價……對莉雅絲也是，我實在對吉蒙里家的親族沒轍……

審

最後終於輪到期待已久的——母猩猩了！最終考試僅剩的唯一希望……不，是絕望！參加者是女性占多數。結果開出來卻是這種慘狀……留到最後的女生只有這兩隻雪猩猩！現實太殘酷了。

萊薩本人則是眉頭深鎖，頭也不抬。

「唔吼。」

「唔吼吼（核爆）」

台上的雪猩猩——突然吃起冷凍香蕉來了！對於猩猩，我已經沒什麼好說了——

我刻意對萊薩說：

「……話說回來，萊薩。原則上，那隻……我不確定是哪隻耶，牠們的臉長得一樣我一點都區分不了，但總之有一隻完全符合是女生也是妹妹的條件喔。」

萊薩不動聲色地在太陽穴處繃起青筋。

「……問題不在這裡吧……是猩猩耶猩猩！我最後一個眷屬是一隻猩猩人家看了會怎麼想！在屬性各有不同、全是女生的眷屬當中，就只有那麼一隻是猩猩耶！民眾看到會怎麼想！會有什麼感覺！」

「……會覺得好像是猩猩耶。」

「就是猩猩啊！沒錯，是猩猩！萊薩·菲尼克斯的眷屬當中有一隻白猩猩啊！成為上級惡魔之後，如果最後一個眷屬名額來的是猩猩你會怎麼做！」

「當然只有拒絕一條路啊！那可是會噴寒氣的猩猩耶！一點也不正常好嗎！」

「看吧看吧！你不也暴怒了嗎！就是這麼一回事，加一隻猩猩進來就是會這樣！」

「但那就是雪女所以我也沒辦法啊！這個世界上不存在除了那個以外的雪女！不過，我覺得有個團隊招式叫猩猩．菲尼克斯聽起來也很強啊！寒氣與業火的融合耶！」

「少耍嘴皮子了——！」

我和萊薩扭打成一團！周圍的大家也都一臉傻眼，試圖制止我和萊薩；而就在這時，有人對台上的猩猩吶喊。

「兩位姊姊！加油——！」

是個穿著一身白衣的藍髮美少女！大概比我小一歲左右吧。她狀似親密地聲援著台上的猩猩，而兩隻猩猩也對她揮著手！

「……那是誰啊？哪來的美少女！」

互毆的我和萊薩就此停手，同時像這樣喃喃自語。大概是因為我們兩個的色狼個性都非常強烈吧，只要美少女進入視野當中就顧不得打架了！

原本一直在角落靜觀其變的菲尼克斯眷屬「皇后（queen）」優貝露娜小姐走了過來，如此說道：

「我想，應該是雪女的幼獸吧。真是罕見。大概到了那個年紀的時候，應該都會變得毛髮茂密，體格精壯才對啊……」

「──！」

這句話震撼了我！真的假的！雪猩猩還有幼獸喔！而且還是那種美少女！看起來，她應該是克莉絲蒂姊妹的么妹吧！

「萊薩……太驚人了……等等，人呢！」

剛才還揪著我的萊薩已經不見人影。我移動視線，發現他已經瞬間移動到那個年幼雪女美少女身邊了！

「妳想不想當我的『主教』啊？到時候妳的年齡可就得停在這個歲數。」

他像是在泡妞似的，還從懷裡掏出「主教」棋子！萊薩想收她當眷屬嗎！

「唔吼吼吼吼吼！」

「唔吼！吼！吼（怒）！」

但台上那兩隻猩猩怎麼可能容許這種事，瞬間朝接近她們妹妹的混帳烤雞揍了過去！

「咳呼！」

萊薩被猩猩揍飛！這大概是在表示「別想對我們可愛的妹妹出手！」吧！中了拳頭的萊薩擦了擦嘴角，同時爆發出怒火！

「好樣的，那就來場猩猩對不死鳥的巔峰決戰吧！」

在菲尼克斯城的中庭展開的——是號稱不死鳥一族的男人，對抗被視為冰之化身的猩猩姊妹的戰鬥。

……被丟在一旁的我們只好面面相覷，開始收拾會場……塞拉歐格也動手幫忙我們。

到頭來，決定萊薩．菲尼克斯的「主教」的選拔考試就此報銷。不過聽說過了幾天，萊薩聯絡上那個雪猩猩幼獸少女，把她接到菲尼克斯領當儲備眷屬了。據說是否能夠成為真正的眷屬還得看接下來和雪女一族談判的結果……但是動作太慢的話她會變成猩猩，所以我覺得還是趕緊行動比較好！

回到家裡之後，我不經意地說：

「……我也好想上雪山抓雪猩猩的幼獸回來喔。」

坐在我的大腿上的小貓說。

「……學長有和猩猩軍團一戰的覺悟嗎？」

「……聽起來就很累。」

我暫時不想看到雪猩猩了！不過，關於收集眷屬的方式，這次是很好的經驗！總有一天，我想廣泛招募只屬於我的後宮成員！

Unknown Dictator.

所有勢力都能夠參加的一大盛事——排名遊戲國際大會「阿撒塞勒」杯開幕後，過了一陣子。

身為菲尼克斯家的長男，也是繼任宗主的勒瓦爾．菲尼克斯的跟前，來了一個毛遂自薦的男人——而且是人類。

是個肌肉結實，體格非常好，年過二十五歲的白人男性。

勒瓦爾在以「不死鳥」隊的「國王」之姿參加國際大會的時候，除了自己的眷屬之外，更向所有勢力廣泛招募源自「不死之身」、「不死鳥」、「靈鳥」的戰力，不過如果具備足以打動他的能力則不在此限。

作為測試，白人男性正準備和勒瓦爾的眷屬在菲尼克斯家的庭院裡過招。

勒瓦爾．菲尼克斯，在冥界舉辦的原本的排名遊戲當中是職業選手，更是曾經進入排行榜前十名的高手。

他的眷屬也都具備超過一定水準的能力。

機械。

——然而，白人男性的異能具備更高一階的威力，以及異常的能力。他開始操控附近的

他對著設置在庭院裡的巨大照明機器伸出手，支撐著燈具的懸臂便反應他的動作兀自轉動，對勒瓦爾的眷屬投射刺眼的燈光。勒瓦爾的眷屬因此而暫時失去了視覺。

然後白人男性將屬於菲尼克斯家的跑車吸到自己身旁，讓跑車變形。他的手一摸，跑車便逐漸改變形狀，變成了好幾門大砲。

大砲發出氣焰砲擊，擊落了一名勒瓦爾的眷屬。

接著，男子再次讓化為大砲的跑車變形，貼附到自己身上，形成巨大的鋼鐵翅膀。

男子從背後的噴射口噴出氣焰，在空中滑翔，而勒瓦爾看見男子的那副模樣——

「鋼鐵的翅膀啊……」

顯得喜出望外。

結束測試之後，勒瓦爾問了男子的名字。

「我叫馬格努斯．羅茲。」

男子報上了這個名字。

勒瓦爾毫不矯飾地問了。

「你是……在你背後的是什麼人？」

勒瓦爾直覺他是某個單位派遣的特工。寄宿在他眼中的，非正非負——不屬於任何一方的情感，而是肩負使命者的責任心。

聽見這個問題，白人男性——馬格努斯·羅茲笑了。

「不須多做解釋正合我意。真不愧是緊追在排名遊戲頂尖選手之後的菲尼克斯家繼任宗主大人。」

男子拿出證明自己身分的東西，同時說道：

「我是中央情報局(CIA)的人，屬於其中所謂持有神器者的特工。上級交代我去『親眼觀察』大會的狀況。所以，我才像這樣和各位進行接觸。」

參觀測試的菲尼克斯家三男——萊薩一臉狐疑地看著馬格努斯。

「……ＣＩＡ是吧。原則上，三大勢力的和議以及互助關係美國應該也已經接受了才對，沒想到會在這種情況下來找菲尼克斯家談判呢。」

馬格努斯聳了聳肩。

「事情有點複雜。魔王之子(李澤維姆)搞出來的不死鳥的眼淚違法版在我國也造成了問題。尤其是黑幫方面也有好幾份在流通，出了點麻煩。關於這個部分的調查也是我的工作。」

勒瓦爾說：

「……違法的眼淚有幾份流入人類世界這件事我們也有所掌握，很抱歉我們遲遲沒有處理，對人類世界造成了不需要的麻煩……不過，你的目的不只是這樣吧？」

對於勒瓦爾的質問，馬格努斯點了點頭。

「666（trihex）的騷動雖然已經平息，然而對美國而言那也是無法忽視的事件。因為那起事件而得知各位非人者、超自然生物的存在後，人類世界的大官們都非常惶恐，開始強化針對異能的研究。對此我想道謝，因為我的單位也因此得到大量的資金以及期待。」

馬格努斯的發言讓勒瓦爾又問：

「聽你的言下之意，鑒於邪龍戰爭，美國為了得到防衛非人者的手段，而想在大會當中收集情報……並且負責人就是你嘍？」

馬格努斯點頭。

「就是這樣——所以，知道這樣的背景之後，惡魔的不死鳥（菲尼克斯）會如何評鑑我呢？我的神器好像是新種，能夠操縱機械系統。電子機器也還可以。」

勒瓦爾露出溫和的微笑，說道：

「操縱機械的神器……確實是第一次見到。尤其是你的鋼鐵翅膀，那是最棒的表演。好吧。我就先讓你參加比賽，在比賽當中掂掂你的斤兩。不行的話一場比賽後你就得退出。這樣如何？」

馬格努斯露出胸有成竹的笑容。

「這樣就夠了。」

「還有——」

勒瓦爾一邊這麼說，一邊看向附近的鋼鐵殘骸。那是變形了好幾次後已經看不出原樣的跑車。如今已化為不成原型的一堆廢鐵。

「那個可以向ＣＩＡ請款嗎？原則上，那是我的車……原本是。」

馬格努斯露出難以言喻的表情。

「……可以的話請高抬貴手。我會被上司罵的。這樣好了。我可以做牛做馬來償還。」

萊薩見狀，喃喃了一句：「……真是個奇怪的傢伙」。

如此這般，使用鋼鐵翅膀的男人——馬格努斯·羅茲被登錄為勒瓦爾·菲尼克斯率領的「不死鳥(phoenix)」隊的一員，在大會當中發揮新種神器的力量。

馬格努斯·羅茲——他就是被認定為新神滅具(longinus)的「機界皇子(unknown dictator)」的持有者。

Life.2 潘德拉岡家的女僕

事情發生在剛過年後沒多久——

某個男人非常難得地開口約了我。

我將行程安排在假日，在駒王學園前面等他。出現在那裡的——

「你好啊，赤龍帝。讓你久等了。」

是舉止當中表現出真誠的美青年——亞瑟。

沒錯，就是亞瑟拜託我，要我幫他介紹駒王學園。話雖如此，在平日介紹會妨礙到其他學生和老師，所以我回覆他「可以挑假日的話就好」，於是就變成今天這個狀況了。莉雅絲和阿撒塞勒老師他們那邊我已經知會過了，所以還能參觀內部。

「嗯，這裡就是駒王學園啊。」

一進到學校，亞瑟便興致勃勃地走在走廊上，望著空無一人的教室一直看。

「也可以進去裡面喔。我已經得到許可了。」

我這麼說。亞瑟也表示「那麼我就打擾一下」便走進教室裡。

我對環顧室內的亞瑟說道：

「話說回來，沒想到你會說想要來這裡呢。」

亞瑟一邊走向窗邊，一邊回答。

「這個嘛，因為這裡是舍妹可能會來就讀的學校嘛。身為哥哥，姑且還是想先確認一下。」

啊──原來如此。聽他這麼說我才想通了。

其實，下個年度──四月開始勒菲可能會來就讀駒王學園，目前正在洽談當中。聽說，亞瑟他本人很擔心妹妹的教育。正值青春年華的女孩也不去上學，大白天的就待在別人家裡叨擾並不是一件好事──他這麼覺得。

……話雖如此，勒菲是魔法師，原本也是瓦利隊的一員。或許沒辦法過和一般人一樣的生活。但話又說回來，在現在的環境下──以「D×D」的一員的身分住在這個城鎮的話，又另當別論了吧？──為人兄長的亞瑟是這麼想的。

我猜，亞瑟看見我們吉蒙里眷屬和西迪眷屬一邊對抗襲擊而至的恐怖分子還是一邊上學，大概得到什麼啟發了吧。不，仔細想想，在這個狀況下還在上學的我們其實立場也非常不得了就是了……不過，如果忘了學生的本分，那就真的每天都只有戰鬥了。至少在什麼事情都沒有發生的時候，我想要好好享受普通的日常──也就是學生生活。換句話說，亞瑟是想讓勒菲也能夠享受這種滋味吧。

勒菲本人表示能上學的話她也想上學，反應相當不錯。而且，她好像打算從頭開始跑轉學流程，還說也想接受考試。亞瑟也是因為料到了這一切，才會對妹妹要上的學校產生了興趣吧。

至於這樣的亞瑟……他用手指輕輕抹過窗框。看著沾在手指上的灰塵，亞瑟用力推了推眼鏡。

「……原來如此。」

……他臉上帶著笑容……卻是一副有話想說的樣子。不是，窗框上有點灰塵還算是可以容許的小事吧！

「這、這裡是一所好學校喔。除了我們和普通學生外，也有其他異能人士們隱藏來歷就讀這裡。他們對這所學校的評價也都很好……我想應該是啦。」

我不禁用起敬語。對其他瓦利隊的成員，我都不曾用過敬語，但和這個人獨處的時候就忍不住……誰教他是個舉止凜然的紳士，害我不小心就會想用敬語。

——這時，不知道該如何應付他的我的手機收到了一則訊息。是莉雅絲傳來的。

『有個來自英國的訪客。是來找勒菲的。』

——唔。

來自莉雅絲的訊息令我感到驚訝。找勒菲的訪客？這就表示……我看向亞瑟，姑且也先將這件事告訴了他。

我們迅速結束亞瑟參觀學校的行程後，回到了兵藤家。

看來，訪客似乎已經進去家裡了，交談聲從客廳裡傳來。我探頭一看，映入眼中的是勒菲抱住身穿女僕裝的女子的模樣。

「伊蓮！沒想到妳居然會來這裡！」

平常給人文靜感覺的勒菲抱著那個女僕，一副靜不下來的樣子。那個女僕是黑髮的英國女子，從外表看來年紀大概是二十多歲前半吧。一頭黑長髮盤了起來，行為舉止也相當端莊，表現得像個淑女。

女子一面和勒菲擁抱在一起，一面露出笑容。

「那當然了，勒菲小姐。反而是之前一直久疏問候……真的非常抱歉。為了說服宗主老爺花了不少時間。」

勒菲在離開女僕的同時，表情上多了點陰霾。

「……這樣啊，是因為父親大人嗎？」

女僕看向我們。

「這真是失禮了。我應該更早一點問候各位才是……我是侍奉潘德拉岡家的女僕，名叫伊蓮・威斯科特。主要的職責是勒菲小姐的隨從。各位日本的惡魔，今後還請多多關照。」

女僕——伊蓮小姐像這樣正式問候我們。這樣啊～潘德拉岡家的女僕是吧！而且還是勒菲的貼身侍女。

伊蓮小姐對莉雅絲深深一鞠躬。

「沒想到居然能夠見到那位魔王路西法的妹妹大人……真是無上的光榮。」

莉雅絲也微笑著說：

「真是的，太誇張了啦。我才是，勒菲相當照顧我的眷屬，反而是我才應該道謝呢。」

正如莉雅絲所說，我們——尤其是我真的受到勒菲很多照顧。晚一點我也要再次對伊蓮小姐道謝。

正當我在心中如此決定時，黑歌在我身旁一副明白了什麼的樣子。

「啊～傳說中的那位。」

「嗯？妳認識她啊，黑歌？」

我這麼一問，黑歌便對我耳語。

（她是勒菲的指導員喵。聽說她也是魔法師。記得她好像是魔法協會——

「黃金黎明協會」的三名創辦人當中一個名叫威斯科特的人的後代還是怎樣的吧。）

──

……真是太有意思了。勒菲在前去跟隨瓦利之前加入的魔法師組織──黃金黎明協會。和我們之前見過的梅菲斯托．費勒斯先生擔任理事的「灰色魔術師」又是不一樣的組織。

而且，這位女僕伊蓮小姐還是黃金黎明協會的創辦人的後代……

（所以她繼承了大人物的血統嘍。）

我輕聲這麼說，黑歌便點頭肯定。

（我想，這大概也是勒菲列名於那個組織的契機吧。）

確實是可以推測出有這樣的緣分。那個組織和勒菲她們家之間實際上有什麼關係就不得而知了……

就在我想著這些的時候，伊蓮小姐──站到了亞瑟面前。對亞瑟一鞠躬後，伊蓮小姐如此開口：

「……亞瑟少爺似乎也是別來無恙，這樣我就放心了。」

亞瑟臉上一直掛著笑容，卻在隔了一拍之後才開口回答。

「……還好，妳看起來也很好。」

如此回答之後。

「…………」

「…………」

亞瑟和伊蓮小姐，兩人之間醞釀出一股難以言喻的氛圍。

…………？呃，嗯——這個嘛，亞瑟身為潘德拉岡家的長男，卻帶走傳家寶劍柯爾布蘭逃家，而伊蓮小姐則是侍奉他們家的女僕。兩人想必打過照面……對彼此的感覺大概也很複雜吧。

然而，住在我們家的女生們的反應卻和我不一樣。

「哎呀哎呀。」

「是啊，看來相當有意思呢。」

「這個狀況……該不會是？」

「是啊，或許是那麼一回事吧。」

「……哎呀！」

朱乃學姊、莉雅絲、伊莉娜、羅絲薇瑟、蕾維兒都以好奇的眼神來回看著亞瑟和伊蓮小姐的表情。

為了化解這樣的氛圍，伊蓮小姐乾咳了一聲，然後問勒菲：

「……所以，勒菲小姐。和勒菲小姐締結了契約的赤龍帝大人是……？」

伊蓮小姐的視線在我們之間不停游移。看來，勒菲以魔法師的身分和赤龍帝締結了契約這件事，似乎已經傳到潘德拉岡家去了。

赤龍帝——當然是我，不過她好像不知道對方的長相，視線指向我、木場，阿加這個男生。她大概只知道現任赤龍帝是男性吧。

結果，伊蓮小姐的視線第一個避開的就是我，開始看起阿加和木場來了！應該說，她已經完全不把我放在眼裡，端正地站在他們兩個面前！

不過，勒菲站到我身旁來，鄭重其事地介紹了起來。

「啊，這位先生就是現任赤龍帝兵藤一誠先生。」

「嗯，妳好。我是赤龍帝兵藤一誠。」

我也對伊蓮小姐一鞠躬。

至於最重要的伊蓮小姐——

「…………」

她似乎受到極大的驚嚇，看著我的臉說不出話來。她再次看向木場和加斯帕……而兩人只是露出困惑的笑容表示「我不是赤龍帝」、「我也不是……」並確實地否認。

「呃……」

原本還不知道該說什麼的伊蓮小姐似乎總算理解了現狀，深深一鞠躬，向我道歉。

「…………我真是太失禮了。只是，不同於我的想像，您似乎是個相當獨特的人，讓我有點不知道該作何反應而已。我也從您的身上感覺到龍之波動，只是，該怎麼說呢……非常抱歉！」

……對不起喔！赤龍帝居然是我！反正，木場親才是型男，也比較有赤龍帝的感覺對吧！

據伊蓮小姐所說，她雖然也在我身上感覺到龍之波動，但是她在兵藤家感覺到許多龍之力，才會覺得我只是其中之一——是一般的龍。反倒是木場完全沒有散發出龍之波動，且帶有平靜而強大的氣場，加斯帕則是長相可愛卻盪漾著深不見底的氣焰，才讓她覺得他們兩個其中之一是赤龍帝。

……是這樣嗎！總覺得，應該還要再加上看了我的外型、或者說是相貌，就覺得不像赤龍帝吧！反正，我就只是個出身平凡、沒有威嚴的赤龍帝啦！

或許是察覺到我的心情了吧，莉雅絲把我摟了過去。

「我懂，一誠。不過，我想想……再過個十年，也許可以嘗試留個鬍子，對增添你身為赤龍帝的威嚴而言或許也不錯。」

嗚嗚，鬍子是吧！害我覺得這樣或許也不錯。

……仔細想想，這個家裡有雖然抑制了力量但仍號稱無限的龍神奧菲斯在，還有和好幾頭龍締結了契約的愛西亞。說是龍的巢穴也不為過。儘管是魔法高手，但這樣反而讓她感應氣息的能力變得遲鈍也不足為奇是吧……

伊蓮小姐清了清喉嚨，開始述說這次來訪的目的。

「這趟訪日所為無他。是潘德拉岡家的宗主老爺——也就是亞瑟少爺與勒菲小姐的父親大人想知道兩位是否安好，我才奉命前來。」

莉雅絲摸著下巴，問道：

「妳的意思是，希望能看見亞瑟和勒菲在這裡的生活——是這麼一回事嗎？」

對於莉雅絲的回應，伊蓮小姐點了頭。

「是的。我準備在這個地方叨擾幾天。希望在這段時間內，可以讓我參觀一下亞瑟少爺和勒菲小姐身邊的狀況。非常抱歉。這也是潘德拉岡家上下所有人的意思。」

聽見這番話，莉雅絲也用力點了一下頭。

「……既然都讓英國的名門潘德拉岡家的公子與小姐留在這個地方，以我的立場也不能拒絕吧。尤其是這個家還是勒菲的寄宿家庭。」

聽她這麼說，不只伊蓮小姐，勒菲也低頭道謝。

「謝謝妳，莉雅絲小姐！」

「非常感謝您的寬宏大量。謹向魔王的妹妹大人以及各位眷屬致上最深的謝意。」

才剛抬起頭，伊蓮小姐便說：

「那麼，首先，我想請各位為我介紹照顧亞瑟少爺以及勒菲小姐最多的白龍皇隊的諸位成員——」

在伊蓮小姐如此表示時，我發現不知不覺間，亞瑟已經不見人影了——

「首先是打掃！我無法認同這樣的房間！」

在地下樓的某個房間，伊蓮小姐如此怒罵。

事情演變到為伊蓮小姐介紹瓦利隊的成員的局面，第一個雀屏中選的就是總和勒菲在一起的黑歌了。我們帶伊蓮小姐來到位於兵藤家地下的兩人所居住的房間……而我和她在這裡看見的是凌亂不堪的室內。

勒菲和黑歌共用的房間的格局相當寬敞，然而不知不覺間房間已經被黑歌占據了一大半，室內塞滿了她隨意擱置的個人物品。只有一個清理得整潔到顯得突兀的地方，那裡大概就是勒菲的生活空間吧。

當然，不難想像，伊蓮小姐看見這個狀況瞬間露出一臉怒容。

她差使黑歌——還有我，為房間進行大掃除。房間中央擺了一張暖桌，東西都以暖桌為中心散落在地上。以黑歌的個性，大概基本上都是過著窩在暖桌裡的生活，並且以暖桌為中心把東西擺放在伸手就拿得到的位置吧。對她本人而言，那些東西現在的位置應該是在暖桌裡生活的最佳擺法。

「啊——！這個枕頭就是要擺在那裡才好！啊！不可以！外套就是要擺在那裡才拿得到喵！要是收起來的話還得拿出來，好麻煩喵——！」

實際上，以俐落的動作整理個不停的伊蓮小姐正在被黑歌抗議著。

即使對於本人而言是最佳配置，看在別人眼中也只會覺得是普通的髒亂房間吧。就連我也覺得亂到這個地步有點太誇張了。

……正當我這麼想的時候，雜誌底下冒出一條薄透的內褲！這、這十之八九，不對，肯定是黑歌的吧……像這樣的性感內褲一一從東西底下冒出來！應該不至於是脫下來亂丟的吧。不知道是買來就放著，或是洗好晾乾之後就沒有收……我原本還慾火中燒到覺得摸走一條也不會被發現……但在勒菲和伊蓮小姐面前，我還是滿足於眼看手摸就好了。

不過，冒出來的都是內褲，沒有任何一件胸罩呢……難道她只有胸罩收得好好的嗎？不對，黑歌怎麼可能那麼做……

這時，黑歌在臉上堆滿心術不正的笑容，同時在我耳邊說：

（因為穿起來不舒服，我通常都上空喵。無論何時，我都沒穿胸罩喔。我應用妖術與仙術，讓我不用穿也能夠維持得漂漂亮亮的。所、以、說，我現在也沒穿胸罩喵。）

……她以誘惑的眼神對我送秋波，同時用力對我強調自己的乳房到一個極限！

沒、沒穿胸罩！多麼美好的四個字啊！應該說，住在我家的女生們很多時候都沒穿胸罩，我的視線只能放在不斷搖晃的彈嫩乳房上面！感激不盡！感激不盡！仙術妖術萬歲！

而伊蓮小姐對這樣的黑歌抗議。

「黑歌小姐！快打掃！我無法接受勒菲小姐的朋友過著這種隨便的生活！要是讓勒菲小姐學到壞習慣，教我怎麼能不擔心潘德拉岡家的未來！」

「……好啦好啦。」

黑歌也勉為其難地拿起掃把，再次開始打掃房間。不久後，或許是放心不下我們吧，連小貓也現身了。

「……我也來幫忙。」

小貓對伊蓮小姐深深一鞠躬說「家姊給妳添麻煩了」並道了歉！嗚嗚！小貓懂事的模樣讓我的眼淚都快要忍不住飆出來了！

「小貓，還要妳來打掃真不好意思。」

「一誠學長才是，害你得蹚這灘渾水真的很對不起。」

我和學妹之間有了這樣的對話。黑歌，我看妳得找小貓當妳的好榜樣才對！

打掃到了一個段落後，伊蓮小姐的猛攻終於指向了正好待在現場的芬里爾。

「這是同為隊友的芬里爾。」

勒菲介紹了傳說中的魔獸——芬里爾。牠是北歐的惡神洛基創造出來的魔物。是一頭連神祇都能夠吞噬的狼，足以令各勢力都感到害怕。

瓦利支配了這樣的魔物並將牠留在身邊。理由是因為他覺得在和各神話體系的神祇交戰時能夠當作談判的籌碼……原本是這樣的，只是現在那頭傳說中的魔獸已經成為勒菲的保鑣了。大小也從怪獸尺寸縮小到大型犬的程度。不過，牠身上散發出來的氣焰依然充滿了震撼力，眼神也十分銳利。是令我不想交手的對象之一。這個傢伙凶惡無比的獠牙與利爪讓大家都陷入苦戰……

而面對這樣的芬里爾，伊蓮小姐先是定睛注視著牠……然後輕輕伸出手。

「握手！」

…………面對傳說中的魔獸有這個膽子真不簡單。唯有這種事情連我也做不到。因為，感覺就一定會被咬啊……！這傢伙比隨便一個人類還要聰明好嗎！這種行為讓牠自尊心受創進而攻擊人也不足為奇！牠可是狼，被當成狗一樣對待當然會生氣吧！

至於芬里爾……牠看起來並不生氣，表情也沒有變化，但牠瞄了勒菲一眼，等著看她的反應。那大概是在表示「這個狀況我應該如何處理才對？」以眼神請和牠感情不錯的勒菲幫牠解圍吧。

勒菲——只有對芬里爾低下頭。

芬里爾別過頭去，勉為其難地聽從了指示，對伊蓮小姐伸出手！啊啊，那個給人的感覺自傲到不行的芬里爾竟然伸出手了！竟然表演了握手這招——！大概是牠的好朋友勒菲拜託牠才這麼做的吧！

成功叫芬里爾握手的伊蓮小姐露出一臉滿意的表情。她在芬里爾的頭上摸個不停。看來她相當喜歡狗。

「不愧是勒菲小姐的狗狗！教育得非常成功！這種沒有可乘之機的態度，以看門狗而言也令人放心！話說回來，芬里爾這個名字有點太浮誇了……約翰！之類的應該會比較合適吧……」

「噗！啊哈哈哈哈哈哈！約翰！約翰好耶喵！」

聽了伊蓮小姐的發言，黑歌捧腹大笑。強如噬神狼，現在卻被叫成了約翰……叫他約翰再怎麼說都太可憐了吧……好、好吧，我現在也在忍笑就是了！

笑到眼眶泛淚的黑歌摸了摸約翰——不對，是芬里爾的頭。

「哎呀——這下或許改名約翰比較好吧。」

說著說著，黑歌的手被芬里爾大口咬住！看來牠已經被鬧到生氣了。

「喵呀啊啊啊啊啊啊啊啊啊啊！搞什麼飛機啊，你這隻約翰！」

「吼嗚——嗚嗚嗚嗚嗚嗚嗚嗚嗚嗚嗚！」

黑歌因為被咬而發脾氣，芬里爾也難得憤怒到發出低吼。

「？」

至於事情的起因伊蓮小姐，只是一臉疑惑地看著這幅光景。

我這才發現，啊，這個人看起來一板一眼的，但其實非常天然呆。

話雖如此，再這樣讓黑歌和芬里爾吵下去可就沒完沒了了。

「喂喂，好了，黑歌和芬里爾都是，有客人來家裡，你們安靜一點。應該說，這裡可是我家喔！你們身為食客，偶爾也該表現出食客的樣子來吧！」

我介入雙方之間勸架。只是……我的臉上多了黑歌的爪痕，手上也冒出芬里爾的齒痕就是了。

於是，在介紹完黑歌、芬里爾之後，瓦利隊也只剩下瓦利和美猴了……

那兩個傢伙最難對付了。畢竟，他們兩個一直一起行動又總是行蹤成謎，比亞瑟還要遇不到。大概是個性很合得來吧，那兩個傢伙似乎是一對好搭檔。

即使勒菲嘗試開啟瓦利隊的聯絡魔法專線，最近好像也很難攔截到他們，連黑歌也是揮揮手，嘆氣說「十次有一次能連上線就算不錯了喵」。

原則上，勒菲她們會很貼心地以類似電話答錄的形式單方面傳達語音聯絡給他們……瓦利那個傢伙，我只想得到他偶爾會在聯合訓練時露臉。有時候會看到他和第一代孫悟空老爺爺打模擬戰。

只是，要再加上美猴的話……這個條件就很困難了。那傢伙很不想見到第一代老爺爺，訓練的時候絕不會露臉。

阿撒塞勒老師說過，他們倆好像經常去東京吃拉麵……那兩個傢伙似乎真的很喜歡拉麵。但即使我問他們哪裡有好吃的拉麵店，他們也不肯輕易回答。根據瓦利的說法——

「拉麵是個人喜好最明確的東西了。那可不是能隨便推薦的食物啊，兵藤一誠。同樣稱為醬油拉麵，其中卻是各有門道。有人對傳統調味表示贊同，也有人只對背脂多多的醬油豚骨有興趣。鹽味？哼，那是二流人士的想法啊，兵藤一誠。鹽味最能夠吃出拉麵的本質這種想法，是外行人最容易得到的結論。調味清淡等於行家之所好這樣的誤會，正是接收這種想法的人最應該導正的拉麵業界難題。再說，最近流行的——」

好像是這麼回事。看見那傢伙在我沒有深入追問的狀況下卻侃侃而談，我也感到相當困惑。後來我問阿撒塞勒老師，結果……

『一誠，別和那個傢伙聊那方面的事情。聊到最後他會開始論述食譜。』

得到了這樣的回應！我到現在還是不太懂我的宿敵的興趣嗜好是怎麼回事……

正當我想著瓦利的時候，一旁的伊蓮小姐不知為何拿出捲尺，開始在勒菲身上的各個部位量來量去。

「原來如此，這裡、這裡、還有這裡似乎都有所成長，看來我有事情能報告給宗主老爺和夫人了。」

從三圍到腿的粗細，她量遍了所有的地方。

「別、別這樣，伊蓮！不、不需要量得那麼仔細吧……！」

大概是女僕使用捲尺的手法讓她癢了起來吧，勒菲不斷扭動身子。不知怎地，這個畫面讓我感覺到有點情色！

勒菲是因為擔心她的哥哥亞瑟才離開家裡的，所以她們家裡的人應該非常擔心她吧。我曾看過她用聯絡用的魔法陣向家裡報告，但是她好像不曾回家。至少將成長的蛛絲馬跡數值化之後回報給她的雙親，我想這就是女僕——伊蓮小姐的用心了……不過，她的雙親聽到女兒的三圍也不知道該作何反應吧……

正當我這麼想的時候，那個傢伙突然出現在我身邊。

「勒菲，妳在這裡啊。」

進到房間裡來的是瓦利！他進到我家裡來的態度也太過自然了吧！好吧，事到如今這已經沒有什麼好說了，但唯有這個傢伙現身的方式我還是無法習慣。

「啊，瓦利先生。」

勒菲看見了瓦利的身影——同時，伊蓮小姐挑起一邊眉毛。

「……勒菲小姐，這位是？」

「這位就是白龍皇瓦利．路西法先生。」

勒菲如此介紹。伊蓮小姐正面盯著瓦利看。

「……你就是白龍皇。」

看著站在正面的女僕，瓦利也對她產生了一點興趣。

「哦，妳身上的氣場相當不錯嘛。看起來是個很厲害的高手。」

「……你就是帶著亞瑟少爺和勒菲小姐到處跑的那個……」

雙方都表現出有所感應的樣子。

「…………」

「…………」

兩人不發一語地注視著彼此。空氣也變得開始有點劍拔弩張，於是我為了改變事情的走向而問：

「對、對了，瓦利！你怎麼會來找勒菲啊，發生什麼事了嗎？」

瓦利呼了一口氣，一邊轉換心情一邊說：

「是啊，我總覺得亞瑟表現得不太對勁……不過，我想我大概知道原因了。有同鄉的人來到這裡，稍微對他造成一些影響也不足為奇吧。」

「瓦利先生，兄長大人他們呢……？」

勒菲這麼問。大概是想問不在這裡的亞瑟和美猴吧。

瓦利搖了搖頭。

「不久之前，我們碰上了刃狗（slash dog）的隊伍。美猴那個傢伙一遇見他們，就和他們的『貓』使和『鷹』使開始吵架……不過，他們幾個原本就動不動『路西龍』來『路西龍』去的叫個沒完就是了……」

喔喔，難得見到瓦利皺著眉頭的模樣呢。刃狗——幾瀨鳶雄率領的「D×D」密探隊和瓦利小有緣分，不久前阿撒塞勒老師才說過……路西龍是什麼啊？是指瓦利嗎……？嗯——我不知道！

結果才剛說到美猴，美猴也出現在地下的房間裡了。

「……唉～難得遇見傳說中的刃狗隊，結果他們居然劈頭猴子來猴子去的叫個不停。我確實是猴妖沒錯，問題是明明還有別的叫法吧。他們那邊不也是有帶貓的、有帶老鷹的還有帶狗的嗎！」

……瞧他抱怨連連的。他嘟著嘴，盡情地說對方壞話……他到底和幾瀨鳶雄的隊伍有什麼過節啊？

美猴還在煩躁的時候，勒菲便為伊蓮小姐介紹。

「啊，這位就是美猴先生。」

一看見美猴的臉孔，伊蓮小姐的嘴裡立刻冒出最誠實的感想。

「哎呀，好粗俗的相貌！」

剛這麼說完，伊蓮小姐立刻又說「啊，不好意思」便摀住了嘴巴。哎呀呀，我本來就覺得她天然呆了，沒想到在這種地方也會發揮出她這一面來！

隔了一拍之後，我和黑歌忍不住「噗」一聲爆出笑聲！

呀啊──「好粗俗的相貌」！這個感想也太犀利了！的確，在瓦利隊當中，他是長相最狂野的一個沒錯！沒想到她會用粗俗來形容啊！

聽她這麼說，美猴脹紅著臉，神情憤怒到了極點。

「是怎樣啊！第一次見面的人要不說我粗俗，要不就叫我猴子，淨是說些失禮至極的話，今天是什麼日子啊！」

「可是，你的確是一隻粗俗的猴子啊。」

黑歌這麼說，就連芬里爾都點頭肯定。

「是怎樣啦！連你們也這樣！夠了，我生氣了！短時間內，我要自己一個人去拉麵店踩點了，瓦利———！」

氣過頭的美猴淚眼汪汪地飛奔離開現場。

勒菲也在苦笑之餘對伊蓮小姐說：

「呃，這些就是我加入的隊伍的成員。晚一點我再召喚小戈革介紹給妳認識。」

聽勒菲這麼說，伊蓮小姐點了點頭。

「好的，感覺各位比我聽說的還要令人安心，真是太好了。」

伊蓮小姐大概是擔心瓦利隊的成員會不會給勒菲造成什麼不良的影響吧。這點我想潘德拉岡家的人大概也一樣。加入原本是恐怖分子的白龍皇隊，這種經歷讓她被逐出家門也不足為奇。然而勒菲卻依然待在這樣的隊伍裡面，這想必讓家裡的人非常擔心這個女兒吧。

看見瓦利他們平常的模樣，伊蓮小姐好像也放心了些。不過，一開始遇見他們的時候，瓦利和美猴和黑歌和亞瑟和芬里爾身上散發出來的都是邪惡的氣息就是了！只是每見到他們一次，黑暗面就會銷聲匿跡一點。不知道是受到誰的影響？阿撒塞勒老師的影響？還是情勢的變化導致心境的轉變？……也有人說是受到我的……「胸部龍」的影響就是了。

「……這樣啊。我得一個人去拉麵店是吧。也罷，偶爾一個人去也不錯。」

瓦利的背影顯得有點落寞。

「……你不嫌棄的話，我可以陪你去喔？」

瓦利對這麼說的我搖了搖頭。

「哼，得讓宿敵關心的我也太不像話了。放心吧，我還有杯麵這招。」

……他的飲食全都不太健康呢。是嚴謹的生活孕育出他的強大嗎？不過——我覺得有益身體健康的飲食也很重要。

看著瓦利這副模樣，我開始覺得——其實是所有的要素交互作用之下，才造就了現在的瓦利隊吧？

伊蓮小姐來到駒王町待了幾天之後。

勒菲被亞瑟叫到客廳裡來，在大家的見證之下從哥哥手上接過禮物。

「勒菲，這是給妳的禮物。」

亞瑟遞了一包有點大的袋子給妹妹。

「給我的嗎？」

勒菲接了過去，看見哥哥點頭之後動手打開袋子。她攤開裡面的東西——出現在眾人眼前的是駒王學園的制服！

「哇～～！」

勒菲的表情一亮，拿著女生制服開心地當場轉起圈來。我還是第一次見到如此喜不自勝的勒菲。

「兄長大人，這是！」

聽勒菲這麼問，亞瑟露出微笑。

「是啊，我原本還覺得會不會操之過急……但是勒菲一定可以輕鬆突破考試，一方面也是為了求好運，我才先準備了。」

這樣啊！亞瑟已經準備好勒菲的制服了是吧！當哥哥的這樣是有點急性子，不過送妹妹制服這種舉動也太帥氣了吧！

「虧你還知道她的尺寸啊？」

莉雅絲這麼說。的確，即使是哥哥，亞瑟一個大男人知道妹妹的衣服尺寸也是個複雜的問題。

亞瑟推了一下眼鏡接著後看向伊蓮小姐。

「……因為有人幫我測量啊。我只是請她將詳細資料報告給店家罷了。當然，結帳用的是我自己的錢。」

「這點小事我樂意為之。既然是亞瑟少爺的請求……」

伊蓮小姐鞠了個躬。兩人首次相視微笑。

…………

看見這個狀況，我察覺到了一件事。應該說……原來，幾天前我們家的女生們發現的那件事情或許就是這個吧。

好奇的我問了勒菲。

「……吶，勒菲。亞瑟和伊蓮小姐是不是……」

勒菲帶著微笑看著兩人，同時說道：

「……是的，他們兩位是兩情相悅的關係。」

——！

……果然是這麼回事啊。勒菲繼續說了下去。

「但是，因為和兄長大人之間的身分之差，即使兩位當事人不在乎，潘德拉岡家也……兄長大人原本處於相親對象多如過江之鯽的狀態，但是他一直看不上伊蓮以外的女性……」

勒菲喃喃地這麼說。

然而，要是被身為父親的現任宗主發現他們之間暗通款曲，伊蓮被趕出潘德拉岡家是可想而知的事情。但是，只要亞瑟一直待在家裡，他們的關係總有一天會曝光……再加上亞瑟有著想憑藉聖王劍不斷變強這個長年以來的夢想，所以他才下定決心，帶著寶劍離開潘德拉岡家投奔自由。

……這樣啊，亞瑟離家出走的因素，除了想變強這個野心外，還有這樣的因素啊……

是怎樣啊，可惡！這下不是教人更加恨不了他了嗎！不但是個好哥哥，為了不想背叛心上人還採取了這種行動！

不過，這一方面也是為了逃避家裡的方針是吧……出生在貴族家中，或許光是這樣就得面對多舛的命運也說不定。

可是！門不當戶不對的戀情，總有一天必定能夠突破困境！我也是！即使是像我這種人，都能夠和莉雅絲成為一對戀人了！

勒菲嫣然一笑，並對我說道：

「沒問題的。家兄一定能夠找出和伊蓮在一起的方法。他似乎也不是什麼都沒想就胡亂離家出走……」

……亞瑟也有他的想法啊。說得也是。亞瑟應該遠比我聰明才對。既然如此，他肯定也能夠打破這個局面，和伊蓮小姐在一起才對！該死！我開始覺得亞瑟的境遇並非事不關己了！我也要暗中為亞瑟和伊蓮小姐的戀情加油！

我不禁這麼想。

亞瑟的送禮儀式順利結束後，見證了這一切的伊蓮小姐終於是時候踏上歸途了。

「那麼各位，雖然時間不長，不過很感謝各位的照顧。懇請各位今後繼續照顧勒菲小姐和亞瑟少爺。」

伊蓮小姐深深一鞠躬。她一一和家裡的大家進行最後的道別。

我在最後一刻想到一件令人在意的事情，於是若無其事地問了伊蓮小姐。

「……對、對了，作為和勒菲締結契約的對象，我及格了嗎？」

伊蓮小姐低吟一聲，摸著下巴沉思。她板著臉這麼開口：

「待在這兒的這段期間，我見識了你的種種……我覺得你是一位非常忠於自己的欲望的人。」

……………真是一針見血啊！的確，我或許是表現出很多好色的一面沒錯！黑歌的內褲讓我渾然忘我，在她測量勒菲的尺寸時我也投以色瞇瞇的視線！其他有自覺的部分更是多到數不清！

我忍不住開始反省，但伊蓮小姐立刻笑著繼續對我講評。

「——不過，我也感覺到你懂得體貼，是個溫柔的人。無論是幫住在一起的人打掃房間，還是在朋友吵架的時候居中勸架都能親力親為，這樣的表現讓我佩服不已。算起來應該有及格吧。」

——！

……她還看到了我的那些部分啊……該怎麼說呢，真教人不得不佩服啊。沒想到她在那麼多方面都看得這麼仔細。

伊蓮小姐再次對我鞠躬。

「今後也請你多多照顧勒菲小姐。視今後的評價而定，我想勒菲小姐和亞瑟少爺也有可能獲得潘德拉岡家的認同……」

於是我伸出手正面回應：

「好，這是當然的！我會全力以赴！」

我和伊蓮小姐彼此握手。

如此這般，突然造訪的潘德拉岡家女僕就此離去。

勒菲與亞瑟，對潘德拉岡兄妹多了一點了解，對我而言是個很大的收穫！

Collbrand.

排名遊戲國際大會「阿撒塞勒杯」的預賽結束後不久——

英國某地——

亞瑟．潘德拉岡回到暌違已久的老家——潘德拉岡家的宅邸。

離家出走時帶走了聖王劍，還一度加入恐怖組織的亞瑟，得到的是身為宗主的父親無言的迎接。

父子倆坐在露臺的桌子旁邊，喝著紅茶。好一段時間都只有沉默。

首先開了口的是身為父親的潘德拉岡家宗主。

「聽說你輸了啊。」

「……是啊。」

短短的一句話，是關於排名遊戲的比賽。關於亞瑟唯一輸得一場糊塗的比賽——對抗「莉雅絲．吉蒙里」隊的那場戰鬥。

宗主繼續說了下去。

「對手是那位瓦斯科．史特拉達……該認定面對那位超人這是無可奈何的結果，還是該為自己的兒子臻至同等境界而誇獎他，我的心情相當複雜。」

宗主喝了一口紅茶之後如此表示。

「你早在很久以前便超越了我的劍技，事到如今我對你說什麼也無濟於事──雖然我原本是這麼想的……不過你就姑且聽一下我的老生常談吧。柯爾布蘭被譽為最強的聖劍，儘管如此，也不過是供人使用的工具之一。其他的聖劍和魔劍也一樣。在不同使用者手上可能成為至高之劍，也可能成為一塊普通的金屬。」

「……意思是說，我的技術……我的才能少了幾分嗎？」

亞瑟這麼說。

宗主的嘴角微微地上揚。

「我是說你少了幾分從容。你從小就對自己的才能過於認真到不知變通，也因此離家出走，以修練武功為名大做壞事。不過，看來你做的那些壞事，讓你比起還在這裡的時候更懂得做閒事了。大概是你那些壞朋友帶來的幫助吧。」

「你是要我從容面對自己的才能？」

「我是教你從容面對人生。你有個毛病，總認為『自己就是柯爾布蘭』。你認為自己的才能、自己的存在意義，和聖王劍畫上等號。」

「——！」

聽了父親的這番話，亞瑟覺得自己被俐落地砍了一刀。

宗主說。

「現任赤龍帝能夠變強，並非單靠寄宿在他身上的龍的能力。聽說是在他對異性的關注等因素相輔相成之下，才得到現在的評價。即使你的劍術才能再怎麼出類拔萃，想必也有限——既然如此，就只能靠其他的事物及人生經驗來變強了。據說你的朋友白龍皇也對麵類非常著迷不是嗎？」

「那應該算是貪吃吧——」

宗主對兒子伸出食指，打斷了他要說的話。

「偏離正道才是其中的妙處。順便告訴你，不准把紅茶當作是興趣。因為那是身為英國紳士必備的修養。去找其他東西。你先在勒菲去買東西的時候陪她逛逛好了。總之，我要說的是，你要有更多把劍忘掉的時間。如此一來，心境緩了幾分，游刃自然有餘。你就當作自願上我的當，先試試看再說。這就是——來自柯爾布蘭的前任持有者的建議。」

亞瑟從以前就覺得和父親處不來……應該說兩人有著價值觀的差異。

但是，這次倒是讓他心有戚戚焉。

從不同於己身才能的方面，接觸聖王劍……不對，不是聖王劍，而是探索自己的多樣的可能性——

忽然，宗主搖了搖鈴，把女僕……伊蓮叫了過來。亞瑟和伊蓮的眼神交會。伊蓮露出微笑，鞠了個躬。

宗主對伊蓮說：

「伊蓮，把那些資料拿來。」

「遵命。」

不久之後，伊蓮拿了一疊紙本的資料過來。

宗主將資料遞給亞瑟，同時對他說：

「我有一件事要拜託你……不對，正確說來是要拜託白龍皇他們和『D×D』。」

資料是——英國皇室的機密情報。

宗主對著看起資料的亞瑟說。

「皇室終於公開了內部機密。你知道多了五種新的神滅具這件事吧？」

「嗯。那些新種正好也在排名遊戲大會上大放異彩……原來如此，這是其中之一啊。」

「——神滅具『深潭的蓋世王冠（alphecca tyrant）』似乎是一種非常麻煩的神器。很久以前神子監視者（Grigori）和天界似乎已經隱約掌握到情報了，但皇室和英國政府堅持封鎖消息。」

「……沒想到，偏偏是出自列名於皇室的世家啊。」

「並非陛下的家人已經是不幸中的大幸了」

「……所以是要將這名能力者交給我們嗎？」

「『D×D』的成員多半都參加了大會，所以時間大概也有限，不過還是希望你們能夠盡早處理。」

「我能做的也只有提供情報給他們而已……不過總會有辦法解決吧。因為大家都是跨越了各種難關的強者。」

宗主喝了紅茶後，淡定地這麼說：

「這件事情順利解決之後，我可以認同你和伊蓮的關係。」

這句話讓在場的亞瑟和伊蓮同時瞪大了眼睛——然後在理解的同時紅了臉。

伊蓮驚慌失措地說：

「老、老爺、您、您您您您您您、您怎麼會突然說這種話啊……！」

亞瑟也以顫抖的手把眼鏡扶正，臉色紅到耳根子去了。

宗主說道：

「雖然你是一度墮落為恐怖分子的笨兒子，現在也已經得到於各方面都有管道的地位了。好好感謝瓦利．路西法和兵藤一誠，還有勒菲吧。畢竟，光是因為兒子和女兒是『D×D』的一員，政經界那些對超自然世界有所認知的權威人士就會為了得到說明而有求於我。」

反恐小隊「D×D」對於人類世界那些知道超自然世界存在的人而言也是影響力非常大的組織。只要是和他們有關係的人，光是這樣就足以掌握極高的權威。

宗主嘆了口氣後，轉換了話題。

「對了，勒菲還好吧？」

即使步調不斷被打亂，亞瑟仍表現得相當冷靜。

「很、很好。她好像已經適應那邊的學校了。」

「這樣啊。她和赤龍帝相處得還好嗎？」

「……父、父親大人，您從剛才開始就過於直接了吧。」

「我的個性就是這樣。然後呢，情況到底是怎樣？勒菲真的喜歡上他了嗎？有機會成為他的第幾位對象？」

「不，所以說……」

「出自威爾斯所在的這個國家，我潘德拉岡家的女兒，和威爾斯的龍——『紅龍(welsh dragon)』結緣……我非常感興趣。關於他是不是值得讓潘德拉岡家託付的對象。對方已經是上級惡魔了吧。雙親是平民啊？不過，事到如今那已經不成問題了。問題在於現任赤龍帝的前途。他最後會不會當上魔王？你覺得呢？」

亞瑟扶著額頭，不知道該說什麼。

……自己的價值觀果然和父親不同。亞瑟這樣的想法變得更強烈了——

不過，亞瑟有個預感，赤龍帝踏上這塊土地的那一天或許並不會太遠。

Life.3 英才教育過夜趴

新年剛過沒多久就發生的「教會戰士」武裝政變平息之後過了幾天。

在神祕學研究社社辦的一角，木場和伊莉娜正在認真討論事情。

「——然後，關於那件事，教會的——」

「——也對，向上級報告——」

看來，他們好像在討論和教會或是天界有關的事情。正當我感到好奇的時候，小貓對我說了一句。

「……他們好像是為了托斯卡小姐的事情，正在和教會方面交涉。」

啊～原來如此。這樣我就懂了。

出現在小貓的話中的「托斯卡」，是日前在教會戰士們的武裝政變當中，對方帶來的木場的舊日夥伴。木場的夥伴原本已經被認為全數身亡了，但是有這麼一個奇蹟似的活下來的女孩。那就是名為托斯卡的少女。

現在，我們將那位托斯卡小姐從教會戰士陣營接過來，以木場為中心照顧著她。不過，或許是因為她昏迷了好幾年，要跟上這幾年落後的部分也不是急得來的事情。更何況，她現在在不熟悉的土地落腳，精神上的疲勞應該相當沉重吧。她也不是惡魔或天使，而是普通的人類，所以日語也得從基礎開始學起才行。

然而，儘管如此，托斯卡小姐還是希望能夠留在她唯一活著遇見的木場身邊。木場也欣然接受，為她盡心盡力。

「我也在教她日語。」

神祕學研究社的新社長愛西亞如此表示。

沒錯，住在兵藤家的女生們也都在幫忙照顧托斯卡小姐。不過，突然被這麼多之前沒見過的女生包圍，托斯卡小姐好像也相當不知所措。身為惡魔的我們也讓她有點害怕……

「……托斯卡小姐好像有點害怕莉雅絲前社長。」

小貓這麼說。

托斯卡害怕莉雅絲的理由──對於從小在教會設施裡長大的她而言，莉雅絲這個純粹的上級惡魔似乎令她感受到超乎想像的恐懼，她還沒辦法正面看著莉雅絲。這或許是理所當然的事情。在教會被灌輸「惡魔是敵人」、「惡魔是邪惡的」等觀念後，眼前冒出一個上級惡魔當然會感到害怕。

聽說木場第一次遇見莉雅絲的時候，也非常提防她……教會設施出身的人就是這一點最難克服了吧……由於同是教會出身，即使一樣是惡魔，愛西亞和潔諾薇亞就逐漸得到她的親近。之所以會這樣，她還待在設施裡的時候就隱約聽過愛西亞和潔諾薇亞的名字應該也是很重要的因素吧。

最後，我們決定讓莉雅絲負責後援，照顧托斯卡小姐的工作基本上都交給新神祕學研究社的成員了。當時莉雅絲略顯失望的表情令我印象深刻……不過這也是沒辦法的事情。

正當我歪頭低吟時，有人奮力打開社辦的門。

「呀呵～神祕學研究社的各位。我來陪你們玩了。」

是滿腦子情色知識的女學生——桐生！這個傢伙，在知道我們的真實身分且愛西亞當上社長後，一有空閒就會跑來社辦串門子！神祕學研究社都要變成情色知識的集散地了！

「總比你的色狼視線健全多了吧？」

桐生用力推了推眼鏡，對我這麼說！可惡！這傢伙也是能猜到我的心思的那種人嗎！

桐生見到討論得正認真的木場和伊莉娜便靠了過去。

「找到木場親親和伊莉娜了！吶～托斯卡美眉還好嗎～？」

然後就這樣不以為意地向他們搭話！她已經知道托斯卡小姐的存在了嗎！這個傢伙，在知道我們的狀況後，切入的動作未免也太快了吧！

木場帶著微笑說道：

「桐生同學，多虧妳的幫忙，托斯卡在參考了桐生同學給她的書後也開始對日本文化產生興趣了。」

「從小在教會設施裡長大的孩子很多都不擅長和別人相處，桐生同學的協助真的是幫了大忙。」

——木場和伊莉娜這麼說。

桐生……在協助托斯卡小姐啊。

愛西亞說：

「其實，托斯卡小姐對桐生同學頗能夠敞開心胸……看來，同是人類的女生還是比較能夠令她安心。」

是喔，原來是這樣啊。啊，這麼說來，桐生也是瞬間就和不擅長與人相處的愛西亞及潔諾薇亞混熟了。這樣一想，她或許具備某種能和教會出生的女生打成一片的才能。

不過，我也有一絲不安……再怎麼說，她可是桐生呢。是把情色知識灌輸給愛西亞她們的罪魁禍首。可是啊，不知道為什麼她非常有人望，除了我以外的神祕學研究社成員都完全信任她……

「愛西亞她們會對你發動情色攻勢都是我的功勞，你就稍微感謝我一點吧。」

桐生好像又聽見我的心聲了，轉頭過來對我這麼說！該死！被她這麼一說我就更難反擊了！愛西亞她們大膽的行動已經是我的活力泉源了！我很感謝這一點！不過，妳可千萬別將愛西亞她們變成變態啊！

桐生的眼鏡一閃，然後再次開口。

「好了好了，木場同學。我們前幾天就開始安排的事情ＯＫ了嗎？」

桐生問木場：

木場則露出燦爛的微笑回答：

「嗯，我也希望托斯卡和我的夥伴們打成一片。」

見我因為他們倆的對話而一臉疑惑，木場表示：

「其實是這樣的，我希望托斯卡可以和神祕學研究社的成員有點交流，所以和桐生同學及伊莉娜同學研擬了作戰計畫。既然都住在這個城鎮了，我希望她可以一個一個和大家建立起良好的關係，慢慢來也好。」

沒想到木場在這種時候還挺積極的呢。他平常散發出來的氛圍感覺很溫柔，但對於有關特訓、練習之類鍛鍊身心的事情，無論是對自己還是對夥伴，他都意外地嚴格。潔諾薇亞都不知道被木場揪出弱點幾次了。

「不過，這樣好嗎？不會有點太勉強她嗎？」

擔心才剛甦醒又置身於異國的托斯卡小姐，我這麼說。

木場搖了搖頭。

「不會喔。托斯卡其實還挺淘氣的。在家裡的時候也是——……算了，這個有機會再說，總之，我們打算利用這個週末帶托斯卡到一誠家去。」

桐生也從一旁插嘴說「我也會去」。

……桐生安排了托斯卡小姐來訪是吧。忽然，桐生看向社辦的門。

「…………還有，你們好像有訪客喔？」

我看了過去——發現有人稍微打開社辦的門，從隙縫裡偷看。

「……不知道是誰？」

我走了過去，結果偷看的人發現穿幫了以後連忙把門完全打開。在敞開的門外面的——是真羅前副會長！

「真、真羅學姊！妳怎麼會在這裡？」

我這麼一問，維持著奇怪姿勢僵硬在那裡的真羅學姊連忙立正站好，清了清喉嚨。

「咳、咳咳……我現在可以自由到校了，所以想趁現在到處參觀整個學校……就、就想說也來好好參觀一下舊校舍。」

她說是這麼說，眼睛卻不斷在偷瞄木場……是、是這樣嗎……我倒覺得，她是對我們在裡面聊什麼有興趣……好、好吧，聽說真羅學姊對木場一往情深，所以會好奇也很正常吧。

而且莉雅絲也說過，她聽蒼那前會長說真羅學姊很想問有關托斯卡小姐的事情。

啊，我覺得剛才好像看見桐生的眼鏡亮了一下。

「真羅學姊要不要也來參加我們的作戰計畫啊？」

她還說出這種話來！真羅學姊在驚訝之餘表情瞬間一亮，然後立即板起臉來，再次清了清喉嚨。

「……好、好吧。妳們不嫌棄的話，我願意略盡棉薄之力。」

……真、真的假的，真羅學姊也要參加這場托斯卡小姐交流會啊。

雖然不知道事情會變成怎樣，不過為了木場最重要的同伴，我也願意助一臂之力！

「好，木場，我也願意幫忙。我該做些什麼？」

木場的一聲「謝謝」都還沒說完，桐生已經搶先對我說了。

「那麼，我們週末就在你家辦個過夜趴吧！吃同一鍋飯，整天一直待在一起，就能自然而然地打成一片了！」

這傢伙也太會出難題了吧！不過，該怎麼說呢，這也是一個方法。待在這間社辦裡的成員也都忍不住點頭表示肯定。

如此這般，托斯卡小姐即將在週末來我家玩了。

於是，到了週末──週五的深夜。

從這天開始到下週一早上，托斯卡小姐都會住在兵藤家。惡魔的工作結束後，過夜趴即將開始。

和托斯卡小姐住在一起的木場和加斯帕也跟了過來。答應要參加的真羅學姊也到了。

「……晚、晚安。那、那個，這三天麻煩各位多多指教。」

托斯卡小姐似乎學了日本的打招呼方式，深深一鞠躬。

她是個將白髮編成兩條小辮子的女孩。聽說，她原本待的地方和訓練出弗利德還有齊格飛的是同一個戰士培育機構。只是，她身為戰士的資質並未滿足培育機構的需求，所以很快就被送到和木場同樣的研究設施了。

嗯，不同於弗利德那個混帳，她是個非常可愛的女孩。

「哈囉，我也要麻煩你們多多關照嘍。」

忽然從木場背後蹦出來的是桐生。這傢伙也要在兵藤家住三天，真是太可怕了……天曉得會發生什麼事情……啊，應該說，這傢伙是第一次來我家吧？明明和愛西亞她們那麼好，但這傢伙沒來家裡找她們玩過。不過，之前又不能讓她知道我們的真實身分，這也是無可奈何的事情吧。這傢伙的直覺又出乎意料地敏銳。

莉雅絲迎接大家。

「歡迎來到兵藤家。我很高興妳們能來，桐生同學，還有托斯卡小姐。」

莉雅絲露出爽朗的微笑——然而首當其衝的托斯卡小姐一看見莉雅絲便迅速躲到木場背後去了……她大概還是很害怕吧？莉雅絲也一邊苦笑，一邊請大家進去家裡。

桐生才剛進門，眼睛立刻看向通往二樓的樓梯。

「好，先從愛西亞的房間開始翻東西吧～我記得是在二樓沒錯吧？我去看看有沒有性感內衣。」

桐生大步前進！

「桐生同學——請等一下！」

然後愛西亞從後面追上去！可惡的桐生！要是妳惡作劇過了頭我可是會插手的喔！

真羅學姊推了一下眼鏡，從玄關看了家裡一圈。

「……這是我有生以來第一次在男生家過夜……不過，我之前就這麼覺得了，這裡是女生比較多，沒有男生家的感覺呢。」

確實如此。正如真羅學姊所說，住在這裡的人，女生人數壓倒性地多過男人。比起男生家，感覺更像是高中女生的學生宿舍。

木場站到我身旁，先是鬥志十足地說了聲「好」之後又道：

「事不宜遲，我們就先來個茶會吧。」

「好啊，就這麼辦。」

我也表示同意，開始思考要先叫誰陪她聊天。這時，托斯卡小姐凝視著我的臉孔。接著她又看向木場，最後更意味深長地開始在我們兩個之間交互看了起來。

……我和木場站在一起很稀奇嗎？

還是有什麼事情引起她的興趣了嗎？托斯卡小姐的視線讓我疑惑了起來。

「……祐斗學長、小加、托斯卡小姐、椿姬學姊，晚安。」

是小貓的聲音。我抬頭一看，發現小貓正好下了樓梯來到玄關，於是我們決定請她參加茶會。

第一階段　托斯卡小姐與小貓

「…………」

「…………」

在樓上的空房間的沙發上，托斯卡小姐和小貓注視著彼此，不發一語。小貓純粹只是沉默寡言，托斯卡小姐卻是害羞到整個人縮起來。原則上，兩人打過照面。為了協助托斯卡小姐的生活，小貓不時就會去幫忙木場，所以每次都會見到面。

木場切了他在公寓做好帶來的蛋糕，分給我們。

大口吃了蛋糕的小貓說：

「祐斗學長的廚藝很好。從日式西式中式的各種料理到蛋糕之類的甜點，幾乎什麼都做得出來。」

小貓這麼說之後——托斯卡小姐接了下去。

「……是的，以賽亞的料理每次都令我驚奇。我都不知道他做菜做得這麼好……在那之前，我連外面的世界有這麼多這麼好吃的東西都不知道。」

她的感想真是直率……讓我回想起愛西亞剛住進這個家的時候。同樣在教會裡長大的愛西亞來到這邊後吃了各式各樣的東西也是又驚又喜。質樸的生活有了那麼大的轉變，會有這種反應也是理所當然吧。

「……木場同學的蛋糕還是這麼好吃。」

坐在我旁邊的真羅學姊為了木場親手做的蛋糕而感動落淚。還記得她在聖誕派對上也因為吃了木場做的蛋糕而感動。

忽然，小貓一邊看著加斯帕，一邊問托斯卡小姐：

「……妳不怕小加嗎？他又鑽紙箱、又戴紙袋的，沒有嚇到妳嗎？」

啊，鑽紙箱、戴紙袋的加斯帕對第一次見到的人而言或許很難接受。因為那有種奇妙的震撼力。既然加斯帕也和托斯卡小姐住在一起，對小貓而言這件事或許很令她在意吧。

「我、我才沒有嚇到托斯卡小姐呢……沒、沒有吧？」

加斯帕在抗議之餘還是姑且向本人確認了一下。

托斯卡小姐輕輕笑了一聲。

「因為是吸血鬼，我起初嚇了一跳，覺得很害怕，可是我從來不曾聽過鑽紙箱的吸血鬼……總覺得不知道該作何反應。」

既然在教會的設施長大，她應該學過吸血鬼的威脅性才對，所以照理來說視為敵人而提高警覺才是當然的……但她面對的可是鑽紙箱的吸血鬼。看托斯卡小姐的反應，她似乎已經和加斯帕處得很好了。或許是因為住在一起吧，這方面適應得也相當快。

「要是小加做出什麼奇怪的事情，就叫他喝加了一大堆大蒜的湯沒關係。」

小貓半開玩笑地這麼說。首當其衝的加斯帕也表示「太過分了，小貓！」大聲抗議……不過反正他是阿加，應該沒關係吧。

——這時，托斯卡小姐忸忸怩怩地問小貓：

「……我聽以賽亞說，小貓小姐就像他的妹妹……所、所以，如果妳願意把妳剛遇見以賽亞的時候的故事告訴我，我會很開心……」

……啊啊，原來如此。托斯卡小姐大概是想知道木場從聖建計畫之後到現在的經歷吧。

聽本人說和聽認識他的人說，故事大概也會有許多不同之處。

小貓露出親切的微笑。

「是的，我也把祐斗學長當成哥哥看待。我知道了，我就從我們剛遇見的時候說起吧……話說回來，我們剛遇見的時候，祐斗學長還很愛胡鬧呢。」

小貓輕輕笑了一下。木場見狀也說「適可而止喔」，露出苦笑。

在小貓開始回憶過往時，有個人稍微打開了房間的門，窺伺我們這邊的狀況——

「……好好奇喔喵……」

是黑歌。也不知道她好奇的是托斯卡小姐，還是大談往事的小貓，又或者是木場親手做的蛋糕。嗯，我猜全部都是吧。

我悄悄移動到門邊，輕輕打開門叫黑歌進來。

「那我就不客氣了。」

看見貓耳大姊姊，托斯卡小姐先是嚇了一跳，但或許是興趣被大談往事的小貓吸走了吧，注意力馬上又再次回到傾聽的方面上。

嗯，這應該是很好的傾向吧。正當我放心聽著對話的時候，木場忽然問我。

「蛋糕還合你的口味嗎？」

「嗯？嗯，是我喜歡的味道。」

他做的是相當甜的薩赫蛋糕，但配著紅茶一起吃時恰到好處，害我忍不住一口接一口。

「下次，我會烤一誠同學喜歡的起司蛋糕過來。」

「這樣啊，好喔……等等，你為什麼會知道我喜歡那種蛋糕啊……？」

正當我滿心疑問時……忽然間，我感覺到有股視線。

是因為托斯卡小姐正在偷瞄我——和木場的狀況。不知怎麼了，有什麼事那麼稀奇嗎？

「那是幾年前，我和祐斗學長一起去某間百貨公司的時候的事情了。我和祐斗學長在百貨公司裡走失——」

儘管我感到狐疑，小貓依然繼續敘述著自己的回憶。

第二階段　托斯卡小姐與兩位大姊姊

接著，在托斯卡小姐和小貓的對話也已經結束，事情告了一個段落的時候。

「哎呀哎呀，我也可以打擾一下嗎？」

朱乃學姊端著剛泡好的抹茶拿鐵現身。

「也讓我加入吧。」

在她的身後的羅絲薇瑟也跟了過來。

托斯卡小姐要和年紀相近的小貓還有加斯帕打成一片還算容易，但是年紀比她大的大姊姊們又怎樣呢？聽說她依然對莉雅絲保持著警戒……結果不出所料，托斯卡小姐因為朱乃學姊和羅絲薇瑟登場而露出緊張的神情。

朱乃學姊問道：

「你們剛才在聊些什麼？」

小貓回答「聊以前的祐斗學長」。聽她這麼說，朱乃學姊帶著微笑，正臉面向托斯卡小姐說：

「如果妳不嫌棄的話，我也有些祐斗的事情可以告訴妳。因為自從他來到這裡以後，我就和莉雅絲一起把他當成弟弟一樣照顧。」

沒錯，朱乃學姊和莉雅絲一樣都是一直看著轉生之後的木場的長輩。看在她們眼裡，木場應該有不同的風貌吧。

就連木場也不好意思了起來，伸出手指抓了抓臉頰。

托斯卡小姐也因為朱乃學姊的善意而稍微露出笑意——然後喝了一口抹茶拿鐵，表情就笑得更開了。

「……好溫暖喔。雖然有一點苦，但是味道又甜又柔和，非常好喝。」

喝了朱乃學姊的抹茶拿鐵後，托斯卡小姐說出這樣的感想。

啊啊，畢竟朱乃學姊的抹茶很正統嘛。聽說她的親生母親和莉雅絲的媽媽都教過她，手藝相當了得。不但爐火純青，更擅長多樣化的應用，像是把沏好的茶做成拿鐵等等。剛來到日本的托斯卡小姐一下子就喝剛泡好的抹茶可能會覺得太苦，所以才做成拿鐵給她，這就是朱乃學姊別出心裁的體貼。

「……我也懂點茶道，但是不曾做成拿鐵。晚點我再請教姬島同學好了。」

我身旁的真羅學姊也對朱乃學姊的茶道手藝為之讚嘆。

在所有人都喝過抹茶拿鐵後，朱乃學姊開始娓娓道來。

「……我想想，在我和祐斗的回憶中最令我印象深刻的，應該是幾年前莉雅絲和我和小貓和祐斗四個人一起去牧場的時候了吧。那個時候，真不是我要說，祐斗玩擠奶體驗玩得入迷——」

這天晚上，木場許多丟臉的往事也被爆料出來——

順道一提，在朱乃學姊大致上講完後，羅絲薇瑟的「百圓商店講座」一直持續到深夜。

第三階段　托斯卡小姐與教會三人組＋α

過了一夜。

……這次，女生們沒來睡我的房間。反倒是我的房間有個角落緊急設置了一組榻榻米，上面鋪了兩套被窩。睡在那裡的——是木場和阿加。

上次有男生在我的房間過夜是什麼時候了啊？在遇見莉雅絲她們以前，松田和元濱也來住過我們家……總之就像這樣，昨天晚上是睽違已久的男生過夜趴，我們三個男生莫名亢奮到玩桌遊玩到天都快亮了。偶爾在我的房間搞男生聚會還真不錯！我偶爾也會想和朋友一起在房間裡玩！

如此這般，來到了托斯卡小姐在我們家過夜的集訓第二天……我們幾個一直玩到清晨的男生睡到快中午才起床。完全跳過了早餐。我也好想參加所有女生到齊的早餐會啊……真是太對不起托斯卡小姐了。

離開房間來到走廊上時，出現在視野當中的是教會三人組和留宿的托斯卡小姐與桐生。我看了過去，發現托斯卡小姐雙手互握——對著伊莉娜祈禱！

「啊～天使伊莉娜大人！今天這一天也請守護我吧！」

伊莉娜也變出光環和羽翼，帶著暗爽的恍惚表情回答。

「好的，托斯卡小姐。願上天今天也保佑妳——阿們。」

……她們在搞什麼啊？我不知道該作何反應。

其實，伊莉娜在托斯卡小姐的心目中非常神聖。畢竟，她是托斯卡小姐第一次遇見的天使嘛。第一次遇見過去只能在傳承當中得知的天使，身為信徒對於精神上的衝擊應該相當大吧。托斯卡小姐見到伊莉娜時還感動落淚，對著她祈禱呢。對伊莉娜而言有人當她是天使讓她相當滿足，托斯卡小姐能夠遇見天使也非常滿足，是一種雙贏的關係。

聽說，教會那邊也開始照顧托斯卡小姐了。她原本就是在教會設施長大的孩子，現在依然懷有信仰的精神。考慮到她的經歷，天界那邊也不可能對她冷處理，於是便決定在駒王町附近的教會相關設施協助她的信仰。

啊，我現在才發現大家的穿著。那是要外出的打扮。

「吶，妳們要出去嗎？」

聽我這麼問，潔諾薇亞說：

「是啊，我們幾個打算來趟只有女生的逛街行程。」

哦，要逛街啊……啊啊，我大致上猜到是怎麼回事了。對於在教會設施長大的人而言，逛街這種事情的門檻其實意外地高，或者說是一種禁忌。為了上帝而拋開世俗的欲望，投身於信仰當中，才是所謂的信徒。尤其是在教會設施長大的小孩，從懂事之後學到的都是上帝的教誨——要為信仰犧牲奉獻。

愛西亞、潔諾薇亞、伊莉娜也是原本置身於教會的人，她們大概也是在來到這個城鎮之後，自由有了某種程度的保障的緣故吧，開始不斷接觸被視為禁忌的事物。以結論而言，教會三人組平常都享受著正常高中女生會過的生活。

木場昨晚也在我的房間說了。

『我希望托斯卡能夠盡可能多享受現在的生活。所以，我想至少可以帶她去百貨公司逛個街。』

木場溫柔地這麼說……大概是希望身為同伴的她能夠享受日常吧。他是想讓托斯卡小姐能夠見識一下在教會的設施無法體會到的，這個世界快樂的一面吧。

在教會成員和桐生等眾多好相處的同性包圍之下，托斯卡小姐的表情也相當開朗。

「托斯卡拜託妳們照顧了。」

木場這麼說。只有女生的交流也很重要。所以木場也才決定將托斯卡小姐交給愛西亞她們吧。

我們幾個男生決定將托斯卡小姐託付出去之後。

「來吃個不早的早餐好了。」

我一邊伸懶腰一邊這麼說，接著木場便爽朗地說：

「我來幫一誠同學做早餐吧。你想吃日式？還是西式的？想吃什麼我都能做。」

日式也不錯，但西式也教人放不下……這時，有股視線凝視著正在苦思的我。

正準備出門的托斯卡小姐再次對我——不對，是對著我和木場投以若有所思的目光。

第四階段　托斯卡小姐與……我？

這天的晚餐是大家一起吃。

看來是已經和大家混得很熟了吧，托斯卡小姐也以教會三人組與桐生為中心和所有人都可以聊上幾句了。面對身為魔女的勒菲，她一開始還不知道該怎麼對話，但在小貓和愛西亞居中緩衝後，她的應對也軟化了許多。雖然不在現場，不過要是蕾維兒也回來了，真希望她也可以透過茶會和托斯卡小姐培養感情。

應該說——

「托斯卡小姐，妳放心吧。大家都是心地很善良的人，所以妳不需要害怕。主隨時都看顧著妳。」

伊莉娜裝模作樣地這麼說之後。

「好的！天使大人！」

托斯卡小姐也開始大膽了起來……雖然這個狀況讓人不知道該怎麼說，不過潔諾薇亞似乎覺得這個景象十分有趣，從頭到尾都捧腹大笑。看來是伊莉娜的態度戳中她的笑點了。

托斯卡小姐和大家都能聊上幾句後……到這個節骨眼，我才發現到一件事。托斯卡小姐唯二躲著的兩人就是我和莉雅絲！她完全不對我們說話！即使我若無其事地想找她對話……

「…………」

她也會就此閉嘴！而且不知為何，只有在我對她說話的時候，她會很想確認木場的反應！看來，她還是很怕木場以外的男人嗎！不對，她對鑽紙箱的奇特偽娘阿加就敞開心胸了，所以也不見得是這麼回事！

……難、難不成，是我太好色了惹她討厭嗎？可是，我一次也不曾用有色眼光看著托斯卡小姐喔。再怎麼樣，我也沒辦法用那種眼光看著剛甦醒的木場的同伴啊！要我那樣看待她的話至少也得再等個幾年，等到她的胸部再稍微成長一點之後……！

不對不對，我自己也就算了，我比較希望她可以對莉雅絲卸下心防。雖然她是上級惡魔，卻是個溫柔又完美的女人。她一定也能夠和托斯卡小姐建立起交情才對。不過，上級的「惡魔」大概還是讓托斯卡小姐很害怕吧……畢竟不是人類轉生成的惡魔，而是純種的惡魔……對於虔誠的信徒而言這大概很煎熬吧……

晚餐後，我在客廳裡歪頭苦思。大家也都在客廳裡放鬆。當然，托斯卡小姐也在……

忽然，桐生這麼對我說。

「這麼說來，最近女生對兵藤的評價正在逐漸轉變呢。」

——！

這、這個話題還真是令人非常感興趣啊。

「是喔～比方說是怎樣？」

我忍不住這麼問。女生的評價耶，我當然會好奇啊！

桐生喝了一口紅茶之後回答。

「嗯～像是好像沒有原本以為的那麼野獸，還有你是最近難得一見的肉食系之類的。女生已經不像以前那麼看到你就討厭了吧。」

——！竟有此事！這種大逆轉是真的會發生的事情嗎！我的評價有了改觀讓我有那麼點吃驚。不僅曾經有一陣子被罵成性慾的化身、野獸之類的，甚至還被懷疑和木場是同性愛侶的我，到了現在居然會碰上這種狀況……

「真的假的……我身為男性的魅力在不知不覺間提升了嗎？」

我摸著下巴，忍不住稍微耍帥了一下，結果被桐生斬釘截鐵地否定了。

「這個嘛，應該不是那麼回事吧？不過，你的評價開始翻轉的契機似乎是木場同學。」

「是我嗎？……我是不是說了什麼啊？」

突然聽見自己的名字出現在對話當中，木場嚇了一跳。

桐生接著說：

「是這樣的，女生這麼問了木場同學。」

『木場同學覺得兵藤同學怎樣呢？』

——聽說女生們這麼問了木場。

木場好像也想了起來。

「啊啊，是那件事啊。如果我沒記錯的話——」

據說木場是這麼回答的。

『這麼嘛，一誠同學是很好色。但是，好色應該是任何一個青春期的男生都會有的特質吧。他只是比較容易表露在外了那麼一點而已。可是，他的責任心很重，也不會瞧不起任何人，對於同性而言是非常好相處的那種人喔。』

充滿紳士風範又爽朗的木場的這番話似乎讓女生們開始反思，進而對我有所改觀。

……嗚嗚、人生最不能少的果然是朋友！可惡！和松田還有元濱不一樣，木場對我的看法真是太中肯了！

我伸手勾住木場的脖子！

「謝謝你啊，好友！會這樣幫我說話的就只有你了——！」

我不禁嚎啕大哭！那還用說嗎，因為同年代的男生當中會像這樣說我的好話的頂多就只有這個傢伙了！

我當然會感動嘛！

「哈哈哈，我喘不過氣了啦，一誠同學。」

木場一副害羞的樣子……可是又不會怎樣！好──過夜趴的第二天，今晚我們男生也要聊個通宵！

看著這個狀況，原本一直保持沉默的托斯卡小姐終於開了口。

「…………請、請問。」

想不到！她竟然是看著我，對我說話！

「什麼事？呃──托斯卡……小姐？」

在驚訝之餘我仍這麼應答。托斯卡小姐吞了一口口水，下定決心後這麼問我。

「…………請問，你們是什麼關係呢……？」

「……什麼？」

托斯卡小姐提高了分貝，對反問的我說了。

「…………你和以賽亞之間，是什麼關係！」

我、我和木場的關係……？我和木場面面相覷。

「……朋、朋友？夥伴？還有同事……之類的吧。」

我這麼回答，但托斯卡小姐當場站起來，激動到眼眶泛淚地對我說！

「…………我覺得B、『BL』是一種、不、不、不健全的事情！」

——！…………B、BL？是指那個BL嗎！她、她在說什麼啊——！

「……托斯卡小姐！妳、妳、妳是在哪裡得到那種知識的！」

我如此反問！過著正常的生活，應該不太可能得到那種知識才對！

托斯卡小姐一邊看向桐生，一邊忸忸怩怩地說：

「…………是、是桐生小姐借我的參考書上面寫的！上面說兵藤一誠先生和以賽亞的關係是稱為『BL』的一種男人喜歡上男人的現象！不、不可以！主說應該要男女相好才對！」

托斯卡小姐漲紅著臉對我和木場如此訴說！於是我看向桐生！

「呵呵呵。」

這個傢伙！竟然閃了一下眼鏡還揚起嘴角！看來她是故意搞我們吧！說是日本的參考書故意把「BL本」拿給托斯卡小姐對吧！竟然對純真的少女信徒搞出這麼誇張的異文化交流，這個該死的眼鏡女孩——！

赫！我頓時想通了！托斯卡小姐之所以不時往我和木場這邊偷瞄——就是因為這樣啊！她擔心我和木場的關係擔心得不得了！

托斯卡小姐直接問了木場！

「以賽亞！你、你說呢……？你對兵藤一誠先生的感覺……是怎樣？」

「這、這個問題我也想問。到底是怎樣，木場同學！」

就連一直靜觀其變到這一刻的真羅學姊也如此逼問！真羅學姊，為什麼只有在這種時候特別積極啊！

至於首當其衝的木場——他低著頭，只說出一句話。

「我、我當他是……朋友……啊？」

不要紅著臉說出那種話來好嗎！會造成誤會吧！

「喜、喜歡的感覺呢！」

「有、有喜歡的感覺嗎！」

托斯卡小姐和真羅學姊繼續追問！你看你看，事情果然變成這樣了吧！應該說，我從來不曾看見托斯卡小姐和真羅學姊的情緒這麼激動過！

木場也看著我，一副不知道該作何反應的樣子。

「……這、這種事情在本人面前不太方便說，妳們懂吧？」

不不不不！你這是什麼回答啊！正常回答「是朋友！」不就好了嗎！為什麼要用那種會產生不需要的誤會的反應回覆她們啊！

對於木場的反應，托斯卡小姐激動到整個人顫抖了起來。

「你、你果然喜歡他……果然是『ＢＬ』……以賽亞變成壞孩子了……」

真羅學姊也渾身顫抖。

「……原來是ＢＬ啊，兵藤同學和木場親果然是ＢＬ啊……」

然而，她的嘴角卻又微微上揚。

「…………啊，不，這樣也不錯。」

還說出這種話來！真羅學姊可以接受那種的嗎！

真羅學姊隨即牽起托斯卡小姐的手！

「托斯卡小姐！我們兩個都不可以輸給兵藤同學！」

「好的！我雖然不太懂，不過『ＢＬ』不是好事！」

總覺得，她們兩個雖然說的話兜不在一起，但好像只有精神有所共鳴的樣子！

不要啊——拜託妳們別鬧了——！

過夜趴對我而言變成了製造出不必要的誤會的地獄——

經歷了這麼一段之後，其實我們和托斯卡小姐的交流還有一個祕密的插曲。

最後一天的晚上，托斯卡小姐下定決心——主動找莉雅絲搭話。

「……我一直不敢問。現在，我終於下定了決心……」

據說托斯卡小姐不假修飾地這麼問了莉雅絲。

「……可以請妳把以賽亞遇見妳之後的事情都告訴我嗎？」

莉雅絲露出微笑說了聲「好」，爽快地答應。

托斯卡小姐害怕的原因並非莉雅絲是惡魔。

莉雅絲知道木場轉生之後的一切。正因為如此，托斯卡小姐——打從心底害怕聽到木場在不幸慘死之後，在復仇心驅使之下所做出的一切。但是，她又想更加了解自己唯一的同伴木場。托斯卡小姐好不容易才整理好自己複雜的心境，鼓起勇氣，決定正式詢問莉雅絲。

最後，托斯卡小姐終於在百感交集之下，泣不成聲地對莉雅絲說出自己真正想告訴她的話。

「——真的非常感謝妳救了以賽亞。」

聽她這麼說，莉雅絲也流著淚。

「妳才是，我真的很感謝妳還活著。」

這麼回答——

在這次過夜趴後，托斯卡小姐開始會對我們露出可愛的笑容了——

今後我們大家也要和托斯卡小姐一起和樂融融地生活下去！對吧，木場！

Life.4 一路向西！

「唔！這招我不知道辦不辦得到……」

「剛才那個事件比較重要啦！為什麼那個將軍會在那個時候背叛啊！」

「總覺得好像在一個完全不一樣的世界裡面遨遊，光是用看的就很開心了。」

某一天，潔諾薇亞、伊莉娜、愛西亞三個人看著電視上的遊戲畫面，心情隨之起伏。

在教會三人組的觀看下，我在自己的房間玩著開放世界型的ＲＰＧ。這時有人來到了我的身邊──

「吶～吶～我打斷你一下可以嗎喵？」

是這麼說的黑歌。

……依照這個傢伙的個性，肯定又是要叫我借她打電動吧！黑歌總是亂動我（或是我們）的電玩主機，甚至還會擅自玩別人的存檔，真的很讓人受不了！原本想留下來慢慢享受的ＲＰＧ的親熱事件被她擅自玩掉的時候我有多傷心，這個傢伙到底懂不懂啊！

我就像這樣稍微防範著她……但勒菲也跟在黑歌背後，看來她並不是來叫我借她打電動那麼單純了。

「怎麼了，難得妳和勒菲會一起來拜託我。」

勒菲一臉歉疚地對我說：

「其實是這樣的，有件事情我們想請你務必要幫忙……」

「有件事情？」

我把控制器交給潔諾薇亞，如此反問勒菲。

對此，黑歌露出一臉嫌麻煩的神情回答。

「現在啊，我們的隊伍可能得照顧新人。」

隊伍的新人？意思是瓦利隊的新成員嗎？喂喂，這種事情找我幫忙不太好吧？原則上……他姑且是我的宿敵耶。

「然後妳們要我幫忙？協助妳們的隊伍？這樣好嗎？」

雖然說同是反恐小隊「D×D」的成員，我們好歹曾經是敵對關係，更何況我和瓦利還是寄宿著二天龍的宿敵……

我實在是不知道該如何回答，但黑歌好像也知道會這樣，聳了聳肩。

「我懂。不過，因為可能會發生一些有點麻煩的事，所以我們想請小赤龍帝幫忙。主要是美猴這麼想啦。」

美猴嗎？嗯——我更加搞不懂狀況了。我完全不知道他們幾個傢伙最近在哪裡做些什麼，但沒事卻又會晃過來找我，實在太神出鬼沒了。

「我們也去提供協助是不是比較好啊？」

「人手不足的話我可以幫忙喔。」

愛西亞和伊莉娜這麼說……

我姑且問黑歌：

「妳們覺得我一個人有辦法處理嗎？」

對此黑歌也顯得有點意興闌珊，表示「應該可以吧」。對這傢伙而言，這件事情不太令她感興趣嗎？既然是隊上的新人，照理來說應該是重要事項，應該要多點興趣才對吧……

「好吧。我知道了。總之，我先了解一下情況再說。」

雖然有很多令我感到疑惑的地方，不過先當面聽他們怎麼說之後再判斷也不壞吧。

「不愧是你。得救了喵。」

「非常謝謝你！」

黑歌和勒菲也都暫時放心了吧。

忽然，正在代替我打電動的潔諾薇亞說道：

「一誠的培育方式很隨便喔。我覺得技能這樣分配不太好。一誠在現實當中明明適合打近戰，在遊戲當中卻是技術型，這點固然非常新鮮，但是把點數大量分配在力量上實在不太好。這種路線應該先把重點放在迴避和技術上──」

就像這樣，潔諾薇亞挑剔著我打電動的方式……你這個傢伙還不是一樣，現實當中是傾向力量路線，打起電動來卻這麼龜毛！

……算了，遊戲就交給教會三人組吧。

如此這般，這天深夜，我要去找瓦利隊了。

我和黑歌、勒菲三個人轉移到那個廣大的修練空間。

在那裡等著我們的──有瓦利、美猴，還有兩個沒見過的人。那兩個人身上都是古代中國人穿的那種不合身的寬鬆服裝──好像是叫直綴吧。

一個是約莫國中生年紀的美少女！是個有著一頭醒目的蓬鬆朱色頭髮的女孩……但是脖子上掛著好幾個小骷髏頭串成的項鍊。嗯──品味真怪異。

另外一個──竟然不是人類！有著滿是肥肉的豐腴體型，以及長得像豬的頭部的人型怪物，是個獸人。

沒見過的那兩個人未免太特別了。這就是傳說中的新人？嗯──明明是第一次見面卻覺得似曾相識是為什麼呢？應該說，再加上美猴的話……那個陣容……不，因為有一個是女生所以很難說，形象又和我所知道的差得有點遠……只是，美猴——孫悟空和半豬半人的獸人站在一起，我實在無法不想到那個。

正當我目不轉睛地看著排在一起的三個人時，美猴舉起手來向我打招呼。

「喲～赤龍帝。真虧你願意來啊。」

我走了過去，這麼問美猴。

「所以，新成員是怎麼回事？就是這兩個人嗎？」

美猴一邊抓臉頰一邊說。

「……沒有啦，是這樣的。我們家的第一代老爺爺叫我照顧他們，就把他們丟給我了……呃，這隻豬是現任『豬八戒』，那個小妞是現任『沙悟淨』。」

——！聽美猴這麼說我就懂了！沒錯，就是這麼回事！

「真的假的！就是那個豬八戒和沙悟淨嗎！」

我再次看向豬獸人——豬八戒先生，還有美少女沙悟淨！我想也是！美猴和豬人站在一起，教我怎麼能不聯想到「西遊記」呢！

……沙悟淨不是河童讓我覺得有點奇怪就是了……不對喔？西遊記裡的沙悟淨原本不是河童嗎？不對不對，我記得以前好像有人告訴過我那是錯誤的……？最近發生太多事情，我偶爾會想不太起來……

美猴豪邁地笑了笑之後繼續說。

「是啊，得加個『現任』就是了。他們好像最近才繼承了名號。」

不過，太厲害了吧！光是能夠見到孫悟空已經夠令我驚訝了，沒想到，雖然是「現任」的，但我竟然還能夠遇見豬八戒和沙悟淨！啊～今天光是見到這兩個人就已經是很大的收穫了，真令人滿足。

不過，這兩個人是瓦利隊的新隊員？說是被第一代孫悟空老爺爺丟過來的也有點令我在意。

話雖如此，他們對我而言也非常有意思。我來回對照著豬八戒、沙悟淨兩個人。

豬八戒先生那邊姑且不論，我的視線讓少女沙悟淨害羞了起來。太可愛了！

看見我的視線，豬八戒先生自嘲似的說。

「反正我就是豬啦。沒錯，我就是豬。是一頭除了噗噗叫以外一無可取的豬玀。」

「不、不是，我沒有……」

畢竟是豬妖，所以外表就是那副模樣，但我並沒有要針對這件事表達任何意見的意思

……是我不應該看他嗎？

美猴苦笑著說：

「啊，那位現任『豬八戒』是個思想消極到前面得加上四個『超』字的傢伙，所以你別介意。」

聽美猴這麼說，豬八戒先生聳了聳肩。

「哼，我就是一隻思想消極的豬，真是抱歉啊。反正我就是豬。是豬玀。」

——但是，豬八戒先生轉而看向黑歌。

「對了，貓又大姊。我有一件事情想拜託妳。」

「什麼事情啊喵？」

面對歪著頭的黑歌，豬八戒先生大大方方地正面放話。

「妳可以揍我嗎？還有，揍了後要這麼說：『就那麼想要我的貓拳嗎！你這隻豬玀！』這樣。妳不願意嗎？看起來好像不太願意的樣子。哎呀～這下傷腦筋了～」

這個人在說什麼啊？怎麼突然開始說這種變態般的台詞啊？叫人揍他又叫人罵他的。

因為突然被這麼說，黑歌面對這個狀況也只能瞠目結舌。

「……喂，美猴。這位豬先生是變態嗎？」

聽黑歌這麼問，美猴重重嘆了口氣。

「是啊，他思想消極又是貨真價實的受虐狂。美女打他、罵他『豬玀』能夠讓他感受到無上的喜悅。」

「啊啊，剛才那聲『豬先生』聽起來就是在嫌我噁心，好讚啊～有點感覺了～這下我都想噗噗叫了～」

……太危險了吧，這位豬先生。居然一臉正經地說出那種話來！難度太高了吧！感覺在我遇見的人中他也是程度相當高的變態！才見面幾分鐘就來這套根本腦袋有問題吧！

……算了，就這樣吧。先不管豬先生了，重要的是另外一位美少女——沙悟淨美眉。

「……你、你好，幸會，我是現任『沙悟淨』。看到我是女生你可能嚇了一跳……不過別看我這樣，我自認確實繼承了這個名號。」

不忘對我自我介紹的美少女沙悟淨美眉！嗯，果然白淨又可愛！朱色的蓬鬆頭髮也很適合她！

察覺到我的視線，美猴給了我補充情報。

「……順道一提那位現任『沙悟淨』美眉……如你所見是個女生，而且還是ＪＣ——國中女學生。」

「ＪＣ！喔喔，是國中女學生啊！」

這倒是讓我吃了一驚，不過，從外表年齡看來確實差不多。因為她也是妖怪，從外表來判斷或許操之過急……不過看來很符合外表呢。

不過，ＪＣ？這個孩子在上國中嗎？或許是隱瞞真實身分就學吧。我們也隱瞞著身為惡魔的真實身分在過校園生活，這孩子的外表也很像人類女孩，這個部分應該辨得到才對。
不過，該怎麼說呢，在我心目中，沙悟淨的形象應該是……
見我一臉不解地看著她，沙悟淨美眉問了我。
「請、請問，你、你還好嗎？總覺得，你好像一臉不解地看著我……」
「……沒、沒有啦，只是因為沙悟淨在我心目中的形象是河童……」
聽我這麼說，沙悟淨美眉淚眼汪汪地抗議：
「並、並不是河童！那是日本人擅自加上去的形像！原本的沙悟淨，是以河為據點的妖仙——妖怪仙人！並不是頭頂光溜溜的妖怪！」
她連珠炮似的表達不滿，和剛才截然不同！氣呼呼的模樣相當可愛。
對此，美猴也忍不住點頭贊同沙悟淨美眉。
「就是說啊。沙悟淨不是河童，是妖怪仙人。沙悟淨是河童，是為了讓日本人比較容易理解而變更的設定。」
……對了，我聽過這件事。剛才一時想不起來的就是這個。我覺得第一次遇見美猴——孫悟空的時候聽過這樣的說明。不過，該怎麼說呢，因為我也見過真正的河童，記憶就被覆蓋掉了……不分人類還是非人類，我見過太多怪胎變態和奇人軼事了，所以才會產生這樣的錯誤認知吧。才第一年當惡魔就這樣是怎樣啊……

聽了美猴那句話，JC沙悟淨美眉也用力點頭。

「沒錯沒錯！並不是河童！」

妖怪仙人沙悟淨美眉！我知道了，我會記得妳是JC的！

「我倒是在原典當中還有在日本都是豬。反正我就是豬玀啦……」

豬八戒先生又這樣自嘲了起來……

美猴又告訴我有關沙悟淨美眉的事情。

「……你小心一點喔。沙悟淨一族非常介意被說成『河童』這件事。尤其被日本人這麼說的話好像會煩躁到不行。」

原來如此，那我可得小心了……

好了，聽完有關他們兩位的說明後，我也該正式問一下了。

「所以，你們甚至還來找我幫忙是怎麼一回事？」

沒錯，就是我被叫來的理由。為了這兩個人而找別人幫忙的原因是什麼？而且還是找我幫忙。是不是有什麼非我不可的理由啊。

美猴雙手合十，擺出拜託的手勢。

「這個嘛，該怎麼說呢，我想請你助我們一臂之力。」

面對這個受虐狂兼變態的豬八戒，還有JC沙悟淨美眉，我到底能幫什麼啊……

「總之，你先把詳細情況告訴我再說吧。」

「其實是這樣的——」

美猴娓娓道來。

聽說，不久之前，第一代孫悟空交代了相當重要的任務給他們。

最驚人的是！那好像是玄奘三藏法師的請託，原本是要交由三名徒弟，鬥戰勝佛——孫悟空，淨壇使者——豬八戒，金身羅漢——沙悟淨各辦一件事情。

由於師傅很久沒有拜託他們辦事情了，第一代的老爺爺們也極為開心，但後來他們又這麼想。

——這些任務如果交給他們的子孫去辦，豈不是可以當成修練嗎？而且，讓他們三個人一起去辦更是彼此交流的好機會，能夠順利辦妥的話更是喜事一樁。

三藏法師的三名徒弟如此判斷之後，便分別命令了繼承自己名號（或是可能會繼承名號）的人。

——三個人一起去辦好三藏法師的請託。

也因為有這層用意，第一代孫悟空老爺爺才將最近繼承了名號的現任「豬八戒」與「沙悟淨」託付給有美猴在的瓦利隊。

在辦妥請託的同時，順便由「D×D」小隊稍微鍛鍊一下西遊記組當成是修練的一環，老爺爺此舉也有這種暗示。

……我個人最在意的就是第一代老爺爺他們對美猴的評價了。明明還沒繼承名號卻讓他和「豬八戒」、「沙悟淨」搭在一起，是不是表示他們姑且期待著美猴能夠成為未來的「孫悟空」啊？

不過，第一代老爺爺是在歷經漫長的旅途之後成為神佛的人物，推知他的想法對我而言終究是辦不到的事情吧。

「……原來如此，那麼，現在是第一代孫悟空老爺爺轉介了玄奘三藏法師……大人的請託給你們就對了。」

聽了美猴的說明，我如此反問。

美猴又重重嘆了口氣。

「……是啊，如果只是老頭子叫我辦事還可以拒絕，但是關係到其他徒弟大人的話，在我的圈子裡可是大事一樁……三位高徒全都開口了，如果拒絕……我肯定會被殺掉！」

喔喔，連這傢伙都臉色蒼白地抱著頭，肯定不是小事。而且他還顫抖個不停，是真的在害怕。

「……第一代孫悟空、豬八戒、沙悟淨，真的有那麼不妙嗎？」

忽然有點好奇的我這麼問瓦利。事關強弱，這個傢伙最清楚了。

「雖然只是傳聞，不過大概是『D×D』小隊總動員才總算有機會打得起來的程度吧。三藏法師的三位高徒到齊的話，可是超乎想像的怪物啊。正因為如此，這次肯定不是美猴能夠憑一己之力成功逃掉的劫難吧。」

瓦利如此斷定。

……這樣啊，那美猴再怎麼厲害也逃不掉吧。這就表示即使是因為害怕見到第一代而一直到處逃避的美猴，面對三藏法師的三位高徒也無計可施了吧。

「所以，拜託我的理由是什麼？」

我想確認委託內容。在提接不接受之前，總得先確認過內容才行。如果是和我的想像差太多的事情，再怎麼樣我也會拒絕。

美猴語重心長地說：

「像這種案件，赤龍帝已經完成過很多了對吧？從艱難的委託到處理變態，聽說任何難關你都能夠突破不是嗎？你能和我和瓦利一起來照顧這些傢伙，同時完成這次的任務嗎？如果不設法完成任務，我就沒有未來了！但是，和這隻變態豬玀還有ＪＣ一起出任務讓我有點不放心，所以想拜託你支援！」

他再次雙手合十拜託我。

……我原本還想如果是要陪這傢伙去胡鬧的話就打算拒絕的，不過，看來這並不是這傢伙一個人的問題。而且能接觸那個知名的「西遊記」的相關人物應該也會是很好的經驗。

「嗯～瓦利覺得呢？」

我姑且也問了一下身為隊長的這個傢伙。

「這個嘛，既然是玄奘三藏法師的請託，我也無法斷然拒絕。照顧他們這件事勢在必行。這次我也會負責支援美猴他們。」

這麼說來，阿爾比恩的心理諮詢是找三藏法師做的對吧……德萊格現在是已經恢復了，不過要是下次又出了什麼狀況，我這邊也想請三藏法師診療。搞不好三藏法師會變成二天龍的專屬諮詢師呢。

忽然，黑歌對我耳語。

（……他說的當然也是原因之一，但其實聽說在這次的事情辦完之後，第一代老爺爺已經安排好要介紹哪吒太子給瓦利了喵。那位太子大人可強的呢。所以，其實瓦利心中在竊喜呢。）

啊～還有這樣一個理由是吧。這個傢伙認為生命的價值在於和強者對戰，介紹強者對他而言應該是最棒的條件了吧。

我也雙手抱胸歪著頭。

好了，我該怎麼辦呢。這次的委託是輔助西遊記小隊執行任務——也就是協助美猴。我該不該接呢。

正當我在思索的時候，美猴對我耳語。

（……如果你願意答應我的請求的話呢，我可以設法讓你和黑歌兩人獨處喔。）

──！

……美猴這傢伙突然說出這種話來！

（什、什麼意思……？）

我吞了一口口水如此反問，於是美猴以色心大開的神情和嗓音說了下去。

（我知道你們的祕密喔。天界給了你們一個專用的情色房間對吧？我讓你在沒有人會打擾的情況下，在那裡和黑歌一起待到早上如何？以那傢伙的個性，只要和你一起被丟進那個房間裡面，就會自然開始翻雲覆雨了吧？）

他從哪裡得到這個情報的！不對，事到如今對這傢伙追究這種事情或許已經太遲了！我們的情報在某方面上會全部傳過去他們那邊吧！話說回來，這個傢伙說的沒錯，只要能夠和黑歌兩個人在那個房間裡獨處的話──

『呵呵呵，好像不會有人來礙事對吧？男女兩個人一起進到這種房間裡面來，能做的事情就只有一件了吧？來、做、人、吧，喵♪』

我都能妄想出黑歌一邊像這樣發出挑逗的嗓音，同時脫掉和服的景象了！

（……或、或許確實是這樣沒錯。但是，和女生兩個人獨處的機會其實並沒有你想像中的那麼多喔？隨時都有別的女生在看著我。）

沒錯，能夠和特定的女生兩人獨處的狀況其實很少有機會產生！明明有那麼多女生！不對，或許正是因為如此才無法兩人獨處也說不定！因為會接二連三地遇見住在一起的女生，和某個人獨處的時機才會難如登天！

這時，美猴像是知道我這樣的煩惱便趁虛而入地對我這麼說。

（所以嘍！我可以變身為阿撒塞勒前總督或別人來幫你唬弄其他人到天亮，你不就可以趁這段時間好好享受了嗎！）

原、原來如此～！這個傢伙會變身嘛！而且還會使用仙術！或許能成功騙過莉雅絲她們也說不定！我就可以趁機在那個房間和黑歌兩個人獨處到早上！真是了不起！這個主意未免太棒了吧！

我伸出手指在鼻子下方蹭了蹭，同時對美猴伸出手。

「嘿嘿，我明白了，美猴。也對，我的宿敵的隊伍有求於我怎麼能拒絕呢！」

「沒錯沒錯，不愧是赤龍帝大哥，果然明事理！」

我們兩個熱情地互相握手！

如此這般，我和瓦利——二天龍決定照顧西遊記小隊了。

三藏法師的第一個請託。

這天，我、瓦利、西遊記小隊的三個人，在深夜來到某家大型量販型電器行前面排隊。明明是深夜，卻有一大群人在寒冷的天候當中大排長龍。

任務一，取得怪物手錶！

……………三藏法師的請託，居然是買玩具喔！

目前在日本的小朋友族群最流行的「怪物手錶」。以遊戲為首，動畫、漫畫、玩具等相關商品全都大熱銷，是個怪物級的內容品牌。

順道一提，管理「胸部龍」著作權的冥界吉蒙里家似乎也對其多方仿效，相當關注的樣子。

而身為「胸部龍」的我，為了弄到明天早上十點在這家電器行開賣的「怪物手錶」玩具，正在徹夜排隊。

而且一個好像還不夠，為了大量採購，我們出動了五個人排隊。我們隱藏了真面目。尤其是外表不像人類的豬八戒先生用了變化之術變身為人類。因此，他現在的外表是個豐腴的青年。

「……沒想到三藏法師那麼喜歡玩具。」

我喃喃地這麼說，然後得到了瓦利的回應。

「好像是要給朋友的小孩們的樣子。」

啊～原來是這樣啊。「怪物手錶」大概在那邊也很熱門吧。

「即使如此，我們現在也得忍氣吞聲，認真排隊才行啊。」

美猴的幹勁是前所未見的高。因為無法反抗，反而讓他充滿了不曾有過的幹勁。

——這時，美猴看著正在排隊的我們似乎察覺到了變化，便怪叫了一聲。

「哎呀呀，悟淨呢？」

沒錯，沙悟淨美眉今天沒來。

「她聯絡過，說一大早有社團活動不能來。」

接到聯絡的瓦利這麼說。

畢竟她是JC嘛……早上的社團活動很重要。

對此美猴也亂了陣腳。

「不對不對，沙悟淨的職責應該比社團活動重要吧！真是的，最近的年輕妖怪就是因為這樣才那麼不行！」

覺得必須三個人一起執行任務的美猴，這次對於這種事情特別認真。不過，你也沒資格說那種話吧。我覺得你才是最不行的一個。

話說回來，我可是負責支援的人。這種狀況我早有準備。

我對美猴介紹正好排在我背後的一個把兜帽拉得很低的人。其實，這位兜帽哥正是我這次準備的支援者──也就是幫手。

「這位是今天的支援者──」

兜帽底下的那個男人露出高深莫測的笑容。

「我是沙羅曼蛇．富田──對河童有些涉獵。」

他是河童，沙羅曼蛇．富田。原本是饒舌歌手，現在則是繼承家業種小黃瓜的奇異河童。也是小貓的河童偶像。順便多提一點，他更是神子監視者的怪人。

知道沙悟淨美眉這次來不了，我就找他來了。

「嗯！沙羅曼蛇．富田！是在道上相當出名的河童呢。」

哦，沒想到瓦利也知道他……看來這個饒舌歌手兼河童的小黃瓜農夫是個名聲相當響亮的人物……

話說回來，瓦利，你可以不要一邊排隊一邊吃杯麵嗎……而且看起來還有點好吃。

然而，美猴先是驚訝到眼珠子都快要蹦出來了，然後又瞬間暴怒。

「喂喂喂！我說，找隻河童來沒有意義吧！放他回河裡去！」

不過，沙羅曼蛇．富田只是保持著平靜又紳士的態度——遞了一根小黃瓜給美猴。

「先冷靜一點。來根這個如何？冬天的夜裡在戶外來根小黃瓜也別具風味喔？」

美猴接過小黃瓜，邊啃邊說「不是，你聽我說！」抱怨個沒完，不過現在就先不理他了。重要的是明天有沒有辦法弄到玩具。

一旁的豬八戒先生則是對著排在隊伍裡面的婦人說：

「這位太太，可以請妳打我一巴掌嗎？最好是能夠一邊罵我豬玀一邊打我，就算是幫我一個大忙。老豬我想忍受這種天寒地凍必須要有這種程度的靈魂吶喊才行。」

感覺他要搞出變態的作為來了，認為麻煩到別人再怎麼說都不太好的我便甩了他一掌！

如此這般，我們的玩具爭奪戰一直持續到將近中午。

東西則是順利到手了！

任務二——

目的地是位於中國內地的寺院。寺院位於高聳的山頂上，必須走過險峻的山路，還得爬上看似永無止境的階梯才能夠抵達。距離之遠，正常人光是仰望階梯就會臉色蒼白了吧。

對這類修練已經相當習慣的我，還有打從一開始就覺得這不算什麼的瓦利都爬得輕鬆寫意，然而……

「吁——呼——吁——呼——……為什麼、你們可以、爬得那麼……輕鬆啊……！」

美猴卻是在低處一邊喘氣一邊漫步……哎呀呀，沒想到美猴其實沒什麼體力呢。

JC沙悟淨美眉看起來略顯疲態。

「感覺是相當不錯的運動。」

但和美猴相比還是游刃有餘多了。然而，沙悟淨看著走在我們一行人最前面的那一位，露出不悅的表情。

「呵，中國的山也很不錯呢。感覺腦海裡會浮現很棒的旋律呢，小貓。」

走在那裡眺望著山景的是——河童，也就是沙羅曼蛇．富田。沒錯，不知為何連他都跟到這裡來了！然後，對河童很有意見的沙悟淨美眉則是鼓起臉頰，一臉不開心的樣子。喔喔，這個反應很像國中女生很可愛嘛。

不過，現在最心懷不滿的是美猴。原因並不是疲累。

「該死的傢伙！那隻豬玀……！」

美猴對豬八戒先生火冒三丈。這是有理由的。

在場的人，有我、瓦利、沙羅曼蛇．富田、美猴、美少女JC沙悟淨美眉、還有——豬！

「噗——」

列隊於我們一行人當中的……是一頭豬。沒錯，是一頭普通的豬！

「為什麼是豬啊！豬八戒怎麼了！」

看著那頭普通的豬在爬樓梯，美猴非常生氣。

事先接到聯絡的瓦利說：

「聽說是『里肌肉的部分拉傷了，所以我要休息』的樣子。」

里肌肉——也就是背後從肩部到腰部的部分拉傷了是吧。

「是不是想變成叉燒啊那隻豬玀——！應該說，為什麼來代班的是一頭普通的豬啊！」

發飆的美猴憑藉怒意爬著樓梯。

我和瓦利認為成員一定要到齊才行，於是在商量後只準備了一頭豬。因為沒時間啊……我們只有這頭豬可以選了……

話說回來，那個受虐狂豬八戒也太沒幹勁了吧！他肯定是原本就知道有這麼一段階梯，錯不了的！他是知道會累所以才不來的吧！

不過，格外充滿幹勁的美猴在抱怨之餘仍乖乖爬著這段階梯而沒依靠觔斗雲……看來他真的非常害怕那三位高徒……

我們花了半天以上爬到山頂後，住在寺院裡的得道高僧便給了我們幾顆桃子。

桃子的形狀扁平。是一種名叫蟠桃的品種，在中國自古以來被當成是長生不老的仙果。

當然，我們準備帶走的是和存在人類世界的蟠桃十分相似卻又不同，具有神奇功效的桃子。

不過聽說功效並非長生不老，而是仙人調合仙藥用的藥材。然後三藏法師想要。

「那麼，請各位將這些桃子交給旃檀功德佛尊者。」

說完，高僧將桃子交給了我們。他說的旃檀功德佛──也就是玄奘三藏法師沒錯吧。

啊──這樣就辦完第二項任務了吧。我伸了個懶腰，瓦利在寺院的一角打開便當的身影映入我的視野當中！

可愛的便當盒裡面裝的是以色彩繽紛的食材製作而成的造型便當。造型便當似乎是以瓦利的臉為題材，還有寫著「小瓦」的海苔。

「沒想到你會帶造型便當呢。是誰做給你的啊？」

我這麼一問，瓦利便一邊吃便當一邊說：

「我告訴一個認識很久的女魔法師，說我今天受玄奘三藏法師之託要來爬一座有寺院的山，她就給了我這個，如此而已。」

喔喔，認識很久的女魔法師！看來好像不是勒菲……

正當我感到好奇起來時，瓦利接著又說：

「……她曾經有一段時期負責監視我。算是類似姊姊的角色吧。」

是喔──我可不知道有這麼一個人！

很好很好，像這樣在戰鬥以外的方面有了交流，可以看到很多這傢伙不為人知的一面，太有趣了。還可以像這樣得到未曾聽過的資訊。

小瓦，是吧。看來，改天該針對那方面調查一下這傢伙了。

「真的假的啊！」

──這時，美猴的慘叫從背後傳來。

起了好奇心的我和瓦利走過去，高僧便對我們這麼說：

「這是個好機會，你們也來聽吧。我接下來要告訴你們的是《西遊記》當中也有記載的，第一代孫悟空在西王母娘娘舉辦的蟠桃會上搶走這種桃子的那件事。那是──」

說來話長的故事就此開始了──

結束高山寺院的任務後，我們一行人前往最後一個請託的地點。

「喝啊啊啊啊啊啊啊啊啊啊！」

在深山裡，美猴對著妖怪揮舞如意棒。

「去吧──！」

ＪＣ沙悟淨美眉也從手上製造出強烈的水流，一口氣沖走好幾隻看似並非善類的妖怪。

「看招──」

沒什麼幹勁的豬八戒先生（不久之前過來會合了）則是拿著一種名叫釘鈀，讓人聯想到草耙，有著九根齒的兵刃，豪邁地一一掃蕩妖怪。

沒錯，任務三意外的簡單，在中國內地──仙人住的領域裡面有妖怪山賊在作怪，所以要我們鎮壓他們。

對此我和瓦利也低調地提供支援。主力是西遊記小隊的三位。我們則是負責把試圖逃跑的妖怪揍回去，或是在敵方的攻勢可能波及我們的時候輕輕化解，頂多就只是這樣。

不過，不久前才聽高僧講了一長串《西遊記》的故事，害我忍不住想活動筋骨。所以，最後一個任務對我們而言再剛好也不過了。

「喝啊啊啊啊！」

「噗唏──」

還有不知為何參加戰鬥的河童沙羅曼蛇．富田，以及在戰場的一角開始吃草的豬……不過都到了這個節骨眼上，我已經不想管了！

「沙悟淨、豬八戒！咱們上！」

「好——」

「是！」

不知不覺間，豬八戒和沙悟淨已經可以在美猴的號令之下展開聯合攻勢了。說來說去還是很有默契，讓人不禁感覺到西遊記的緣分呢。

「交給我吧！」

「噗唏——」

河童和豬偶爾也會試圖混進去，不過這絕對在意不得！

看著大量撂倒山賊妖怪們的西遊記小隊，我不經意地問了瓦利。

「所以，作為未來的隊友，你覺得他們怎樣？」

瓦利看著大鬧戰場好像很開心的三人，輕輕笑了一下。

「你拿這件事情問白龍是吧……至少，看來是不至於無聊了。」

他臉上帶著苦笑，不過說的應該是真心話。說得對，這些隊友應該不會讓他無聊吧。

如此這般，我們順利完成了第一代老爺爺他們交代給我們的三個請託——

那麼，接下來——就只剩下我和黑歌一起纏綿到天亮的行程了！

我「呼呼呼」地露出色瞇瞇的笑，甚至開始妄想著這種事情和那種事情了。

到了下一個假日。

「什————麼！你和我約好的事情無法實現？」

我透過聯絡用魔法陣接到美猴的通知，如此慘叫。

美猴的聲音聽起來一點也不像是覺得自己有錯的樣子，道歉也只是隨口說了「歹勢歹勢」而已！

『不是啦——該怎麼說呢——順利完成任務是很好，只是到頭來，之後在老頭子的提議下，豬八戒和沙悟淨也被當成瓦利隊的準隊員。結果我就得全方面照顧他們了。而且，就連那頭小豬「叉燒」也被交給我們負責，我現在真的沒那個閒工夫了。』

我、我、我可沒聽說有那種事情！這傢伙明明說他可以變成阿撒塞勒老師或別人，幫我引開莉雅絲她們的注意！我就可以趁機和黑歌翻雲覆雨到早上了呃呃呃呃！

應該說，他們要養那頭豬是吧。這固然是好事一樁，但是名字居然叫「叉燒」喔！……希望牠不要成為瓦利研究拉麵的犧牲品就好了……

『事情就是這樣。我已經把這個狀況告訴黑歌的妹妹了，剩下的事情你們那邊自己想辦法解決吧！掰了！』

美猴只留下這麼一句話就突然切斷通訊！

「喂！美猴！喂！真是夠了，那個混帳……！」

原本怒上心頭的我……對於美猴最後說的話現在才反應過來！

……把這個狀況、告訴、黑歌的妹妹了……？

我感覺到背後傳來強烈的壓力。戰戰兢兢地轉過頭去後——我看見的是充滿鬥氣的小貓大小姐站在那裡！她帶著冰冷的眼神直挺挺地站著！

「……居然瞞著大家在盤算那種事情……一誠學長太差勁了！」

「不要啊啊啊啊！對不起啦——！」

之後小貓對我實施了教育性指導，自然是不在話下——

可惡！美猴那個混帳！下次讓我見到他的話……我還是要叫他實現這次和我約好的事！

我如此下定了決心。

Salamander Tomita.

事情發生在排名遊戲國際大會「阿撒塞勒杯」的預賽剛結束的時候。

「明星之白龍皇」隊的所有成員受到隊長瓦利的召集。

在所有人到齊之後，瓦利開口說道：

「這次有新隊員……應該說新的候補成員加入。」

說完後，瓦利介紹的是——

「我是沙羅曼蛇・富田。身分是河童。請多指教。」

饒舌歌手河童，沙羅曼蛇・富田。

不時就會見到這位河童的瓦利隊成員們都為之驚愕。

美猴說：

「真的假的啊，瓦利！你、你要讓這隻河童加入……？」

瓦利回答：

「是啊，富田最近似乎升級成被譽為『河童中的河童』的『最上級河童』了。以戰力而言無可挑剔。」

「最上級河童是什麼啊……」

美猴的眼角忍不住抽搐，然而黑歌卻是低吟了一陣。

「那在河童當中也是屈指可數的河童。聽說有小黃瓜一億根的價值呢。」

「被妳越說越迷糊了啦！應該說，我還聽說他也待過神子監視者，這隻河童到底是怎樣啊！」

美猴一邊吐嘈一邊抱頭。

「啊！這是！」

黑歌赫然驚覺到了什麼，便示意要美猴和現任豬八戒和沙羅曼蛇．富田並肩站在一起。

興致勃勃地看著三人排在一起的陣容，黑歌說：

「……猴妖加上豬妖加上河童。身為日本妖怪，這個陣容讓我比較有親切感呢喵。」

對此，一頭朱色的蓬鬆頭髮的ＪＣ現任沙悟淨不開心地鼓起臉頰。

「黑、黑歌小姐！妳的意思是這三個人比較像西遊記嗎！」

不想被錯當成河童的青春期沙悟淨氣呼呼地說。

黑歌抓了抓臉頰。

「因為，這個陣容在日本比較知名嘛。」

「妖怪仙人！『沙悟淨』是妖怪仙人！」

「應該說，我們隊上的妖怪率也太高了吧……而且還養了一頭貨真價實的豬。」

如此低語的美猴嘆了口氣。

感覺隊員間交流得很順利的瓦利也點了點頭，然後說道：

「事情就是這樣，沙羅曼蛇·富田在緊急情況下會趕來支援。」

說完後，在望著所有隊員的同時，瓦利忽然回想起拉維妮雅·蕾妮對他說過的話。

——小瓦的朋友在我看來，黑歌小姐就像夏梅，美猴小弟就像鯊魚，芬里爾就像刃……

感覺和「刃狗」隊隱約有些神似呢。

被她這麼說的時候，瓦利還當場否定說「沒這回事」，然而——

「不過，大概也不是完全沒有影響吧。」

他現在也開始這麼覺得了——

Life.5 公主們的IKEBANA

我——木場祐斗陪著我的主人莉雅絲姊姊，來到冥界某間知名咖啡店。我們借用了設置在咖啡店裡的會議室，準備開個祕密研討會。

開會的對象是和莉雅絲姊姊一起長大的摯友蒼那．西迪前學生會長。還有，同樣是同期的大公家繼任宗主，絲格維拉．阿加雷斯小姐。包括莉雅絲姊姊在內的三位大小姐——上級惡魔名家三位繼任宗主的姊妹淘聚會。

這應該算是在反恐小隊「D×D」組成之後新誕生的例行研討會吧。上級惡魔之間的來往對於繼任宗主而言也是很重要的事情，在加強和西迪家及阿加雷斯大公家之間的關係這層意義上也是相當寶貴的溝通機會。

……不過，這個會從頭到尾多半都是在聊青春期的大小姐們愛聊的戀愛話題和時尚話題就是了。然而，年紀一樣大的繼任宗主聚在一起吐露煩惱在我看來是好事一樁。

原則上，由於這是上級惡魔家的公主們的研討會，依照自古以來的習俗，三位都各自從眷屬當中找了「騎士（knight）」陪同。

除了我以外，西迪、阿加雷斯也各有一名「騎士」隨侍。來自西迪的是巡巴柄同學。來自阿加雷斯的是一名身穿套裝，年約二十多歲前半，有著一頭棕色長直髮的女性「騎士」。

聽說，阿加雷斯的女性「騎士」，是塞拉歐格．巴力先生的「騎士」貝魯加．弗爾卡斯（對抗巴力之戰中和我對戰的那位騎「蒼白的馬(pale horse)」的人）的妹妹，名叫芭菲爾．弗爾卡斯。

「騎士」有著不時得像這樣依照主從習俗一起行動的職責，其實忙碌程度僅次於「皇后」呢。不過這當然是一種榮幸。

至於幾位公主們的對話，她們針對邪龍戰役後的戰後處理互相報告，討論嚴肅的話題到了某個程度之後，開始聊到私人話題了。

莉雅絲姊姊對另外兩位訴說煩惱。

蒼那前會長……更正，蒼那學姊聽了莉雅絲姊姊說出的煩惱後反問。

「新娘必修……是嗎？」

莉雅絲姊姊點了點頭。

「是的，我和一誠的母親大人聊天的時候，聽說了她在學習新娘必修課程時的事情，給了我各式各樣的啟發。聽說日本人自古以來多半都會在出嫁之前學習華道或茶道，所以我也想學看看。」

一誠同學和莉雅絲姊姊的關係已經連身邊的人們都認同了，莉雅絲姊姊本身也已經對未來有某種程度的構想了。在這樣的狀況下，會開始煩惱新娘的必修課程也是極為自然的事情。既然要以日本男人為夫婿，莉雅絲姊姊大概是想當個具備相當的知識與才藝的妻子，才不至於愧對那塊土地吧。

絲格維拉小姐推了一下眼鏡，如此反問。

「可動？作動？是日本的機械工學還是什麼的嗎？當新娘也得懂機器人？」（註：「華道」和「茶道」的日文發音與「可動」和「作動」相似）

華道＝可動，茶道＝作動，她大概是這麼誤會了吧。阿加雷斯家的繼任宗主對機器人動畫作品的造詣相當深厚……不對，應該說狂熱過了頭，對她而言，比起華道茶道，可動作動才是她比較耳熟能詳的詞彙吧。

「不是的，絲格維拉。是插花和沏茶。」

——蒼那學姊這麼告訴她。

「插花和沏茶是吧……我還以為……」

絲格維拉小姐顯得有那麼一點失望。

聽了莉雅絲姊姊的煩惱，蒼那學姊喝了一口茶之後說：

「的確。說到日本的新娘必修課程，這些確實是經常聽說的項目。向朱乃學學如何？那些才藝她應該或多或少學了一些吧？」

正如蒼那學姊所說，日本式的習俗、傳統藝能，朱乃學姊大致上都學過。聽說，寄宿在兵藤家的朱乃學姊不時也會負責以插著色彩繽紛的鮮花的花瓶點綴家裡的各個地方。

莉雅絲姊姊搖了搖頭。

「她說她沒有特定的流派，只是有樣學樣，還是找比較正式的地方學習比較好。」

的確，以朱乃學姊的為人，為了莉雅絲姊姊著想確實會這麼回答。既然是吉蒙里家的繼任宗主，比起找有些心得的朋友學，還是請專家指導會比較好。

蒼那學姊摸著下巴，一副在認真思索的樣子。

「原來如此……那我也學一下好了。」

——然後說出這種話來。看來，她身為女性，身為西迪家的繼任宗主，對結婚這件事果然也很感興趣吧。

「哎呀，蒼那也對新娘必修課程有興趣啊。」

對於莉雅絲姊姊這番話，蒼那學姊點頭以對。

「是啊，既然住在日本，當然得好好體驗、理解那裡的文化才行。還是找名門正派的掌門學習比較好吧。」

對此，同樣身為女性上級惡魔，更是阿加雷斯家繼任宗主的絲格維拉小姐也靜靜地舉起了手。

「既然如此，我也想體驗一下。最近，我都窩在研究室裡組模型……」

說到這裡，絲格維拉小姐乾咳了一聲，改口又說。

「最近，為了做研究，我經常窩在房間裡，所以也跟著參加異文化交流，學習新娘的必修課程累積良好的經驗好了。」

莉雅絲姊姊聽了她們兩位的想法之後說道：

「既然如此，我們就三個人一起……從華道的方面試著著手學習好了。」

蒼那學姊和絲格維拉小姐都點了頭。看來她們兩位也都同意莉雅絲姊姊的想法。

如此這般，同期上級惡魔的三位公主，決定去學華道作為新娘必修課程的一環了。

我們三名「騎士」彼此以眼神示意，默默表示「看來事情就是這樣了」並取得了共識。

研討會之後又過了幾天，到了假日——

三位公主決定將這次活動視為例行研討會的延伸，從眷屬當中挑選平常的「騎士」一名陪同，參加新娘必修課程——實施「華道教室體驗會」。

然後，我們要參加的是蒼那學姊透過管道報名的插花教室。

莉雅絲姊姊和蒼那學姊也試著邀請其他女性眷屬，但夥伴們都說「上流階級之間的往來，還是保持在上流階級之間比較好。有別的機會再一起吧」，認為貴婦之間的交流應該保持格調而婉拒。

至於一誠同學……當然就更不可能找他了。去學新娘必修課程還帶著未來的老公，感覺就不太對。

事情就是這樣，所以吉蒙里眷屬就只有我參加了。我是「騎士」，這又是公主們的交流，陪同出席是我的職責。

莉雅絲姊姊她們都身穿和服。因為學的是華道，又要當成新娘課程，所以總得有模有樣。由於出身上流階級，三位穿起雅致的和服都非常適合。

西迪、阿加雷斯的女「騎士」也都仿效主人，穿著和服陪同。

由於只有我一個男生總覺得不太好意思，我姑且再次使用了之前的變性槍變成女生才來……我原本已經不打算再用那種東西了……但這也是身為「騎士」的重要職責……和服我也是第一次穿，很不習慣，都快要絆倒了。

西迪的「騎士」巡同學見到我穿和服的模樣頓時大喜，說想用手機拍下來。

「木場同學，讓我拍一張吧。晚點我可得把這個傳給椿姬學姊才行……！」

儘管有著這樣的插曲，我們終於來到了華道教室登門拜訪。招牌上面以粗體字龍飛鳳舞地寫著「爆閃（blast）流總本山」幾個大字。

來到壯麗莊嚴的大門前，我們透過有鏡頭的門鈴通知對方我們已經抵達。從裡面為我們打開對開的大門的是身穿和服、看似門徒的女性。門後是石板路，一直延伸到玄關。

走在石板路上，莉雅絲姊姊問蒼那學姊。

「這是很有傳統的華道流派嗎？」

「是啊，聽說在我們這個領域很有名，無論對方是人類或惡魔，只要有心想學都一視同仁，有教無類。」

……惡、惡魔也願意教是吧。不知怎麼地，我有一種非常強烈的不祥預感。這種感覺的對象，多半都是……

在我略感不安之際，門徒連玄關都已經幫我們開了。

等在裡面的——是身穿和服的中年女子。不過，她的頭頂上，頂了一個花瓶！插滿色彩繽紛的鮮花的花瓶竟然就放在頭頂上！

頭上頂著花瓶的中年女子悠然低下了頭。

「歡迎來到我爆閃流。爆炸的爆、閃光的閃，唸成blast。我是當代的掌門，名叫爆散梅子。」

「掌門多禮了，今天請多多指教。」

莉雅絲姊姊她們也低下頭問候對方。

……低頭的時候花瓶也不會掉下來，水也沒灑出來……那到底是怎樣的構造固然令我有點好奇……

但更重要的是，她剛才說是blast流嗎……那不是日文對吧？不是直接唸成爆閃流嗎……而且我沒聽說過這個流派……既然願意接納惡魔，大概是個在非人世界很吃得開的流派吧……雖然大概是這樣，但我的不安又多了幾分……！

女掌門看了我們一眼，視線隨即變得銳利。

「我們的流派在入門之前有個獨門考試……其實，考試早已開始了。」

——考、考試。而且已經開始了……？

我們困惑不已。莉雅絲姊姊問道：

「考、考試……？是怎樣的考試？」

掌門舉起手遮住嘴，「呵呵呵呵」地輕輕笑了。然而，她立刻從全身上下散發出震撼力十足的壓力——不、不對，是氣焰！

普通人怎麼可能發出氣焰……但是，掌門卻開始在身上凝聚起不像華道教室的老師該有的濃密氣焰！

掌門說：

「——展現氣焰讓我看看。對於我們流派而言，氣焰是無論如何都不可或缺的要素。讓我見識一下妳們的氣焰吧！」

——！沒、沒想到我們得在華道教室的玄關接受考試，而且對方還叫我們發出氣焰！我們三名「騎士」都因為搞不清楚這是什麼狀況而困惑不已，然而首當其衝的三位公主——

「我知道了。發出氣焰給妳看就可以了吧？」

莉雅絲姊姊揚起嘴角一笑，然後以眼神和蒼那學姊及絲格維拉小姐互相確認。

「「「喝！」」」

三位身為上級惡魔家繼任宗主的女性惡魔同時從全身上下發出氣焰！玄關門遭到摧毀，鞋箱也扭曲變形，逐漸被擠扁！

看著莉雅絲姊姊她們發出的氣焰，掌門欣喜若狂。

「——！……beautiful……想加入我們的流派，首先得跨越能否發出氣焰這個極高的門檻……看來，各位都具備足以加入我們流派的資格呢。」

掌門作勢要我們進去裡面，並且正式宣布。

「好吧。到裡面去我立刻傳授妳們華道的真髓！」

看來，入門考試是及格……了吧？雖、雖然我覺得這種華道的入門方式應該是史無前例啦……

帶我們來這裡的蒼那學姊在釋放氣焰的同時也露出一臉狐疑的表情，還喃喃唸著「……

是不是情報有誤啊？」

離開玄關，走在長廊上時，掌門面帶肅殺之氣地說：

「——華道已經開始了，請留神。」

……不久之後，我剛才感覺到的不祥預感即將完美應驗。

「喝！雲龍之型！」

「叱！名峰之陣！」

勇猛的吶喊此起彼落，不絕於耳。

我們被帶到一個地方——是道場！這裡是一處寬廣的木地板練習場。裡面有許多身穿和服的女性，隔著劍山或花瓶彼此對峙。雙方輪流拿著準備好的形形色色的鮮花，氣勢十足地插到劍山上或是花瓶裡。

插花時還發出剛才那種勇猛的叫聲，同時擺出稀奇古怪的姿勢對著劍山或是花瓶插花。

……這、這到底是怎回事啊……？

一般而言，華道教室，不是應該在和室之類的地方跪坐，學習插花的各種知識嗎……？

像、像這樣在看似格鬥技道場的地方圍著花器彼此輪流插花的方式，我既沒有聽說過也沒有見過……

正當我們愣在那邊的時候，掌門說：

「我的門徒們每天都以花器（ring）為中心進行一如實戰的練習，鍛鍊不懈。我們流派所使用的花器主要是劍山和花瓶，不過也承認各位自由發揮創意使用其他器皿、道具。」

——花器。這個人剛才把花器叫成擂台（ring）了對吧……還又是實戰又是鍛鍊的……我已經搞不清楚狀況了。

在情況越來越混亂的狀態下，掌門這麼問我們。

「華道的起源，各位都清楚嗎？」

蒼那學姊推了推眼鏡，並回答：

「我聽說起源是將高大的樹木還有巨大的岩石視為神明依附的形體，又聽說是在室町時代和茶道一起發展茁壯的，是這樣吧？」

掌門搖了搖頭，如此回應。

「呵呵呵，真相並非如此。時間回到三世紀左右，塞維魯斯王朝時代，羅馬帝國皇帝馬爾庫斯·奧瑞里烏斯·安東尼努斯·奧古斯都斯別名赫利奧加巴盧斯，朝他招待來參加宴會的客人撒下大量的玫瑰花使其窒息而死，並且有人說他見狀大喜，也有人說沒有。沒錯，塞維魯斯王朝時代，羅馬帝國皇帝馬爾庫斯·奧瑞里烏斯·安東尼努斯·奧古斯都斯別名赫利奧加巴盧斯，正是華道的起源！八九不離十！」

——三、三世紀，塞維魯斯王朝……？……玫瑰花導致窒息而死，赫利奧加巴盧斯皇帝……而且還說「八九不離十」表示推測……

對於這番令人滿心疑問的說詞，首當其衝的莉雅絲姊姊卻帶著低吟聲沉思了起來。

「……沒想到華道的起源竟然早在塞維魯斯王朝時代……改天問問應該知道那個時代的隱居中的老祖先大人好了……」

……莉雅絲姊姊就只有在事情牽涉到日本的時候特別遲鈍。我剛來到這邊的時候，也從她那裡學到有關武士和忍者的錯誤知識而困惑不已。現在的我已經完全理解了，但不知道莉雅絲姊姊是怎樣……

不過這也全部都是我的師傅害的……師傅大人，您為什麼要把莉雅絲姊姊教成這種對於日本有錯誤觀念的人呢……？師傅是個偉大又令我尊敬的人，但唯有這點讓我很想埋怨。

在我嘆氣時，掌門帶著充滿威嚴的表情如此總結。

「——華道者，死之謂也。這是開山祖師爆閃次郎丸為我們流派所揭示的宗旨。」

「「喔喔！」」

莉雅絲姊姊與絲格維拉小姐都表現得由衷佩服！包括我在內的其他成員，則是全都歪頭不解！我覺得開山祖師爆閃次郎丸啟人疑竇的程度已經超出限度了！

這、這下應該建議莉雅絲姊姊趕緊離開這裡，改去正派又令人放心的華道教室比較好。

正當我踏出一步準備建言的時候。

掌門對著一個在道場裡練習的人說了。

「妳！──相當有型。」

突如其來的吶喊聲讓蒼那學姊帶著狐疑的表情問道：

「有、有型……？」

掌門則是「呵呵呵」地微笑著說。

「是的，華道之華，旨在華麗，首重『型格』，也就是優秀，還有插上花器時的格調，這才是最原本的意義。所以，在有人展現出優秀的技術時，不吝稱讚對方『有型』，才是華道的基本禮節。」

至於公主們的反應則是──

「原來還有這層意義啊……」

莉雅絲姊姊再次低吟。

「這是真的嗎……總覺得有一部分的我好像快要被這個奇妙的氣氛給淹沒了。」

蒼那學姊顯得更困惑了。然後，絲格維拉小姐則是──

「那個劍山，感覺可以為我正在製作的六十分之一比例『彈鋼・村正』原創版提供很好的武裝創意……」

她看著練習的景象，得到截然不同的感想！

要是繼續待在這裡，感覺好像會學到某種不好的事物……！

這時，一個人影靠了過來。

是一位面色剽悍，身穿的和服在雙肩上還放著劍山的女子……我覺得劍山應該不是擺在肩膀上的東西吧。

「掌門。」

雙肩掛劍山的女子叫了掌門。女子以銳利的眼神瞪著莉雅絲姊姊她們，全身上下汩汩洩出氣焰。她看起來並非等閒之輩，但我現在只希望她是個普通人！

「哎呀，托蕾畢安小姐……瞧妳散發出來的氛圍，感覺不太安寧呢。」

聽掌門這麼說，雙肩掛劍山的女子露出狂妄的笑。

「是的，我對那幾位新面孔很感興趣。因為，她們散發出來的氣焰相當有型。」

女子站到莉雅絲姊姊她們面前，對我們打了招呼。

「我是爆閃流四天王之一，托蕾畢安鈴本——這位紅髮小姐，和我過個幾招好嗎？」

「「「——！」」」

突然就被下戰帖了！入門還不到十分鐘，莉雅絲姊姊就被門徒——而且還是門下的高徒給挑戰了！

這大概是因為莉雅絲姊姊她們的氣焰非比尋常吧。

莉雅絲姊姊也嚇得愣了一下，但立刻理解了狀況，露出強勢的笑容。

「好的，不嫌棄的話，我也非常想向前輩請教請教。」

啊啊，從以前到現在，莉雅絲姊姊像這樣被挑戰時都會忍不住欣然接受呢……

「掌門，可以嗎？」

莉雅絲姊姊問掌門。

掌門笑得爽朗，像是在欣賞徒弟之間的嬉戲似的。

「呵呵呵，真拿妳們這些徒弟沒辦法——當然可以，插花無論在任何方面都最講究鮮度。有些事情只能夠過花器才能夠讓雙方理解彼此。」

莉雅絲姊姊和那位女高徒彼此互瞪，都快要迸出火花來了。

變成這樣以後，莉雅絲姊姊可不會輕易退讓……也罷，又不是要彼此廝殺，現在還是暫時觀望一下動向好了。

轉眼之間，莉雅絲姊姊與那位女高徒要進行插花……比、比賽（？）的舞台已準備完成，雙方面對花器——龐大的劍山，彼此對峙。

……那個劍山差不多有一張榻榻米大。她們到底要進行怎樣的插花來分勝負啊？

周圍的徒弟們聽見這場騷動也都已經進入了觀戰模式——這時，絲格維拉小姐似乎也要和別的徒弟比賽，那邊也聚集了不少人。

掌門對莉雅絲姊姊與女高徒出言確認。

「使用的花器是劍山。這個劍山，是德高望重的靈媒與刀匠打造出來的特製劍山。每一根利齒上都蘊含著靈氣，藉由雙方交互追求『型格』便能發揮出各式各樣的功效。既然是初學者，第一手就由吉蒙里小姐開始吧。」

靈媒……靈氣……！她說的這一連串詞彙已經和華道無關了。

在我的不安逐漸加深的同時，莉雅絲姊姊她們要在插花時使用的鮮花已經被放在桌子上端了過來。

準備好的……不只是鮮花，還有蔬菜水果是怎樣啊……

劍山準備好了，花也準備好了。雙方也都鬥志高昂。確認一切就緒後，掌門大喊：

「對插開始！」

開始的指示一出，莉雅絲姊姊立刻行動。她看向放在桌子上的花……還有蔬菜水果，以視線掃過一遍後抓起一樣東西。

「決定好了。我的回合！」

那樣東西就這麼被插到劍山上。

在那個瞬間，門徒們紛紛驚呼，掌門也低吟。

「——是竹筍！」

沒錯，莉雅絲姊姊第一手選擇的是——竹筍！出現在眼前的是劍山上插著竹筍的奇特場景！

一開始就挑竹筍！……這真的是插花嗎？

然而，對於莉雅絲姊姊這一手，那位女高徒——臉上布滿了汗珠。看來這一手是出乎她意料的犀利。

掌門也顯得相當感動。

「……第一手，竹筍。未曾見過的大膽一插……太有型了！給莉雅絲小姐四十分！」

不知何時準備好的記分板上的數字被翻到四十！

——這是積分制的比賽嗎！

……所有事物無不令我驚奇。這種華道的設定是怎樣，我無從判斷，更無從掌握……

女高徒在心有不甘之餘，仍對著桌子勇猛地伸出手。她從準備好的工具當中拿起剪刀，以肉眼無法看清的手速進行著某種工序。

「妳犀利的一插令人大開眼界！不過，那頂多是外行人的初學者好運！只是虛張聲勢罷了！我來讓妳見識一下真正的華道！我的回合！」

女高徒氣勢十足地將她雙手捧著的東西拋到劍山上！

那是一種水果——是渾圓又大顆的西瓜！西瓜在插上劍山的瞬間有如花朵綻放一般裂開，變成了八等分！

『喔喔！』

歡呼聲四起。對於高徒的這一手，掌門和周圍的門徒們都顯得十分佩服。

「——西瓜！而且經過了精心設計，在插上劍山的瞬間裂開！宛如夏日正午過後母親為孩子們切好分完端到桌上的西瓜似的！正因為預先在西瓜上劃出刀痕，西瓜才會裂得這麼漂亮吧……！太有型了！托蕾畢安小姐也給四十分！」

分數和莉雅絲姊姊平手了！剛才那位女高徒之所以用了剪刀就是為了做好事前準備，讓西瓜在插上劍山的瞬間變成這樣！

……其、其實這個流派比我以為的還要深奧嗎？不對不對，冷靜一點！不要被現場的氛圍給淹沒了！用竹筍和西瓜來插花太奇怪了吧！

……這種時候，如果一誠同學在的話早就大聲吐嘈了吧……！我現在好想念他犀利的吐嘈啊！

——這時，在竹筍VS西瓜的插花對決旁邊！

絲格維拉小姐參加的插花對決也創造出奇手來了。

「怎、怎麼可能！竟然在劍山上插玩具！」

困惑的門徒這麼說！我看了過去——發現劍山上面擺了一個機器人的塑膠模型！

絲格維拉小姐將眼鏡扶正，同時這麼說。

「錯了，這並不是玩具。這是彈普拉。彈鋼的塑膠模型，俗稱彈普拉，並非膚淺到能夠以玩具這個總稱來概括的東西——」

然後就開始大談彈普拉經了……聽說一誠同學曾陪絲格維拉小姐一直聊有關機器人動畫作品的話題……隔天他憔悴的模樣至今還令我印象深刻。

看著莉雅絲姊姊與絲格維拉小姐插花的光景，蒼那學姊歪頭嘆了一口氣。

「……我還是覺得這樣不太對……但是莉雅絲和絲格維拉看起來都很開心的樣子……莫非這也是華道的一種形式嗎？」

「這、這個嘛……」

我這麼說。我和另外兩位「騎士」都處於不知道該如何回答的狀態。

這個地方、這些事物都錯得離譜，這點肯定不會錯，但是身在其中的莉雅絲姊姊與絲格維拉小姐都顯得很開心——更重要的是，表情都很認真。

在不知道該作何反應的我們完全狀況外時，莉雅絲姊姊的插花對決似乎產生了變化——

「我的天啊！」

「太厲害了！大家快看！」

有人這麼驚呼！

於是我看了過去——太驚人了！劍山上長了一根漂亮的竹子！而且還是從莉雅絲姊姊第一手插的竹筍長出來的！

掌門渾身顫抖，不禁發出讚嘆之聲。

「……莉雅絲小姐插的竹筍，藉由劍山發出的靈力及莉雅絲小姐本身的氣焰，成長得如此完美……真是奇蹟啊……簡直就像是突破天際的一把長槍似的……」

竟、竟然會發生這種事……那個劍山的構造到底是怎樣啊……

掌門大喊。

「再也沒有任何成品能夠更加有型了吧——這場比賽，是莉雅絲小姐獲勝！」

『太精湛了！』

門徒們如此歡呼，同時投以熱烈的掌聲……看、看來莉雅絲姊姊似乎贏（？）了這場的樣子……

女高徒顯得心有不甘，卻還是對莉雅絲姊姊鼓以認同的掌聲。

「……手藝精湛。不過，我在四天王當中也是最弱的一個，之後還有遠在我之上的插花高手等著妳——」

那位女高徒說出這種話來！……難、難不成，莉雅絲姊姊還得和四天王全部對戰過才行嗎……

「誰來挑戰我都接受！畢竟這也是必修課程之一！」

獲得這場勝利似乎讓莉雅絲姊姊變得幹勁十足啊。

蒼那學姊忽然微微一笑。

「你看，木場同學。莉雅絲看起來真的很開心、很高興的樣子……最重要的是還很認真……看來那個孩子真的很想成功學好新娘必修課程。她正在談的戀愛足以讓她有這種想法。同樣身為女人，這讓我有那麼一點羨慕。」

沒錯，莉雅絲姊姊和一誠同學愛得很認真。正因為如此，即使這個華道教室再怎麼有問題，她也想認真學習，好成為一個走到哪裡都能讓另一半很有面子的伴侶。

……而暗中支援這樣的莉雅絲姊姊也是身為「騎士」……不，是身為「弟弟」的職責。

「我們也試著參加看看好了。」

我也邀了另外兩位「騎士」體驗這個突破傳統的華道教室。

如此這般，莉雅絲姊姊她們以及我們三名「騎士」，為了徹底體會所謂的華道之真髓，在這個華道教室……不對，是華道道場，認真學習了起來——

某一天。

我去兵藤家玩的時候，發現一誠同學看見擺在玄關的花台上的插花作品顯得相當驚訝。

擺在那裡的插花作品——是插在劍山上的竹筍！

一誠同學問莉雅絲姊姊。

「我、我說，莉雅絲。擺在玄關的花台上的這個東西是……」

莉雅絲姊姊輕輕撫摸竹筍，同時露出微笑。

「呵呵呵，很有型吧？這是我在華道當中學到的東西。作品名稱叫作『第一手竹筍』。華道真是太深奧了。我想挑戰所有的流派！」

莉雅絲姊姊的挑戰精神已經點燃。變成這樣以後，這個人就會無止境地一路狂飆。

……看來，我身為「騎士」、身為「弟弟」的職責還沒完呢。可是，莉雅絲姊姊看起來也很開心，這也是和平的一種表徵吧。

話雖如此，蒼那學姊下一個為我們介紹的地方好像真的是很正常的地方，讓我放心了。

……不過，陪著莉雅絲姊姊到處跑，我自己也接連學會新娘必修的技能後，到底該在哪裡表現呢？

身為男生，唯有這件事令我煩惱。

Kimono Girl?

某天，我，兵藤一誠，看著莉雅絲她們在學華道時拍的照片。

……莉雅絲她們身穿和服，擺出讓我搞不太懂的動作，同時對著劍山插上蔬菜和水果，甚至是彈鋼的塑膠模型。

……莉雅絲她們到底在學什麼東西啊……？

上級惡魔的公主們的新娘必修課程令我感到不安……穿著和服的模樣倒是深得我心。

哎呀——大家都是美少女和美女，這種雅致的扮相更是美如畫！

——這時，我注意到其中一個穿著和服的美少女。

是和服扮相的女體化木場。

……變成女生的木場還是老樣子……該怎麼說呢，甚是可愛。因為原本是個型男，變性之後當然也會變成美少女。

我若無其事地對木場這麼說：

「木場，你穿起和服挺美的嘛。很適合你喔。」

就在我這麼說的時候。

木場瞬間瞪大了眼睛——然後在腦袋慢慢轉過來的同時，臉也一點一點變紅。

「……是、是喔……很適合我嗎……？」

總覺得他好像挺高興的……這是正常反應嗎？

看見這一幕的女生們紛紛表示。

「幸好祐斗是男生。」

「呵呵呵，有個強敵也挺令人鬥志高昂的啊。」

莉雅絲苦笑，朱乃學姊則是樂在其中地這麼說：

「如果木場是女劍士的話，我的立場會變得更薄弱吧。」

「我也是、我也是。怎麼想都贏不了木場同學。」

潔諾薇亞和伊莉娜的女劍士組也這麼表示。

白髮的托斯卡小姐見狀站了起來，大聲疾呼。

「這、這種事情……感覺好像不行，又好像可以……但我還是覺得不行！」

托斯卡小姐的心情好像還是很複雜。

而這樣的托斯卡小姐如此表示。

「不過！……那個……以賽亞穿和服的照片，我有點想要。」

結論是這樣喔！

莉雅絲露出微笑，將那張照片遞給托斯卡小姐。

「好啊，請收下。寶貝家人的這種照片很貴重的吧。」

接過照片的托斯卡小姐看起來很開心。

托斯卡小姐對木場說：

「以賽亞！我也有點想和以賽亞一起穿和服。」

「咦？也就是說，我還得再變成女生一次嘍？可是既然托斯卡都這麼拜託我了……」

最重要的同胞有事相求是最讓木場看重的事情。

莉雅絲對我說：

「一誠要不要也試一次變成女生是什麼感覺啊？」

她這麼說。其他女生們也都興致勃勃地表示「我也想看」、「一定要的」之類的，連眼睛都亮起來了！

喂喂喂！我也得下海喔！

真是的，把那把已經收好的怪槍隨便拿出來就是會變成這樣啦！

「我可不要！女生對我而言可以用看或是用來摸，可不是用來自己當的！」

如此這般的互動，就發生在某一天的小插曲當中——

Life.6 黑歷史的白龍皇

事情發生在排名遊戲國際大會「阿撒塞勒杯」的預賽將近尾聲的時候。

出現在兵藤家找我和莉雅絲的——是個身穿白長袍、頭戴白尖帽，打扮得像個魔法師的金髮美女！

「胸部的龍先生，貴安。」

露出完美笑容這麼說的女魔法師是——拉維妮雅．蕾妮小姐！

她是神子監視者的特工部隊「刃狗」隊的一員，也是隸屬於魔術師協會「灰色魔術師」的魔女，更是絕世美女大姊姊！同時也是神滅具之一——「永遠的冰姬(absolute demise)」的持有者！

此外對我命中注定的宿敵瓦利而言形同他的姊姊，是讓那傢伙不敢忤逆的人物，相當不得了。

不過，從外表看來只會讓人覺得是個長得美又溫柔的大姊姊而已……真不知道瓦利那傢伙為什麼會那麼怕她。

另外還有一對男女陪著拉維妮雅小姐來。

「喲，乳龍帝。」

「上次多虧有你罩我們呢，兵藤一誠！」

是看似不良少年的型男——鮫島綱生，以及把頭髮盤起來的活潑女孩——皆川夏梅（這位也是個美女！）。

我和他們三位，在不久之前的死神（grim reaper）襲擊事件時曾經聯手戰鬥過。

由於來了三位稀客，我們原本打算帶他們到兵藤家樓上的貴賓室去，但是他們說「我們並不是多了不起的要人，來這裡也不是為了什麼重要的事情」，所以就帶他們到客廳來了。

寄宿在我們家的女生們也都好奇地集合到客廳，朱乃學姊也端了剛泡好的茶來請他們三位喝。

簡單打過招呼之後，莉雅絲便問了正事。

「你們三位會來到這個家一定是有事要辦，我這樣想沒錯吧？」

聽了莉雅絲這麼說，拉維妮雅小姐還是若無其事地喝著茶，而皆川小姐和鮫島先生則互看了一眼，露出苦笑。

皆川小姐開了口。

「其實啊，是這樣的——」

就在她說到這裡的時候。所有人都察覺到某種氣息，看向客廳的門。

出現在那裡的是只有探出頭來的——瓦利隊的美猴、朱色頭髮的女孩以及長了一顆豬頭的獸人等三個人！

是美猴和當代的沙悟淨以及豬八戒——這、這幾個傢伙什麼時候溜進我們家的！或許是察覺到我們的視線了吧，三人嚇了一跳！

「嚇！啊哇哇、美猴先生，被發現了！」

沙悟淨驚慌失措，美猴則是嘖了一聲。

「嘖！咱們先逃吧，悟淨、八戒！」

美猴和沙悟淨一副被抓包的樣子，快步逃離現場。

「……好啦好啦，這隻猴子真愛使喚豬……」

抱怨個沒完的豬八戒也跟著他們兩個逃跑了。

莉雅絲立刻表示。

「哪個人姑且去追一下。」

「「遵命！」」

潔諾薇亞與伊莉娜迅速對她的發言做出反應，跟著美猴他們追了上去。

由於事出突然，在場的人多半都只能目瞪口呆。

猜到大概會發生某種麻煩的莉雅絲不禁歎氣，同時舉手扶著額頭。

「……那是，瓦利那邊的……」

皆川小姐帶著僵硬的笑容點了點頭。

「……是啊，其實是這樣的，瓦利針對我們……正確說來是針對拉維妮雅，像剛才那樣派出刺客。」

——！……這個情報讓大家都吃了一驚，同時也產生了興趣。

那個瓦利，居然為了對付他視為姊姊的拉維妮雅小姐而派出隊友來當刺客。

啊，這麼說來，這種時候住在兵藤家的黑歌和勒菲竟然不在！該、該不會是被瓦利叫回去了吧……？

我問鮫島先生和皆川小姐。

「鮫島先生、皆川小姐……這樣稱呼你們可以嗎？」

「叫我夏梅就可以了。」

皆川小姐——夏梅小姐隨和地這麼回應。

我問：

「說到拉維妮雅小姐，對那傢伙而言就像姊姊一樣對吧？那他為什麼會做出派美猴他們來當刺客這種事情來啊……」

夏梅小姐嘆了口氣。

「這其中的來龍去脈相當複雜……總之，理由之後會慢慢告訴你們，我們想拜託身為瓦利的宿敵的兵藤一誠協助我們。」

對此，鮫島先生笑著說。

「總之，簡單說就是，如果你願意暫時和我們一起保護冰姬的話，我們應該可以省很多事。其實是這樣的，三天後在這個城鎮附近要舉辦一場和『D×D』小隊有關的魔法師之間的會談。如果你願意陪我們到那個活動結束，我們會很開心。」

他說三天後要在這個城鎮附近舉辦和「D×D」小隊的魔法師的會晤？啊——羅絲薇瑟好像提過類似的事情。

羅絲薇瑟本人也舉起手說。

「啊，那場會晤我也準備要出席。原來如此，代表『灰色魔術師』出席的人是冰姬蕾妮小姐啊。」

聽羅絲薇瑟這麼說，拉維妮雅小姐也答了聲「是啊」。

這時，我不經意地好奇起不在這裡的人們，便問了夏梅小姐。

「幾瀨先生和你們的其他幾位隊友沒有一起來嗎？」

身為隊長的幾瀨不在這裡讓我有點在意。

夏梅小姐回答。

「鳶雄和其他人有別的任務要辦。然後，身為隊長的鳶雄說『總之，麻煩你們保護拉維妮雅，別讓瓦利的惡作劇影響到她』這麼拜託我們，但只靠沒在辦公的我們兩個，再怎麼樣也很難對付他們所有人。」

——說著，夏梅小姐聳了聳肩……「瓦利的惡作劇」是吧……即使是歷代最強的白龍皇，看在老朋友眼中也只是個可愛的小男孩嗎？

至於首當其衝的拉維妮雅小姐——

「呵呵呵，我們在和小瓦玩捉迷藏。」

則是像這樣，在必須面對刺客的情況下依然顯得非常樂在其中。

也罷，對她來說這或許就像是在和她視為弟弟的瓦利玩耍吧。

跑去追美猴他們的潔諾薇亞和伊莉娜回來了。

「哼，被他們逃掉了。」

「動作果然很快。」

兩人都一副很不甘心的樣子。

潔諾薇亞模仿著美猴（她偶爾會模仿別人）說：

「美猴說『等著瞧吧，先拿到那個東西的一定是我』，還笑得很開心喔。」

夏梅小姐聽見這句話表示「猴子先生也要參戰啊？」一副興高采烈的樣子，但不明就裡的我只是更加混亂而已。

確認了他們最主要的請求之後，莉雅絲用力點了一下頭。

「瓦利派出刺客的理由可以晚點再問，事實擺在眼前，美猴他們都像那樣追過來了……話雖如此，在這個時期，我們也不是完全沒事情要做。」

莉雅絲這麼說。

沒錯，我們參加的排名遊戲國際大會預賽也已經來到最終階段。偶爾會像這樣有空閒時間，但該做的事情依然很多也是事實。

不過，我們並不打算因此斷然排拒夥伴的請求，所以我和莉雅絲看著彼此的臉孔，用力點了點頭。

莉雅絲說：

「太多人跟去保護她的話行動起來大概也太不方便，就從我的眷屬和一誠的眷屬中各自派出保鑣吧。」

「我知道了。」

我也同意這個做法。

我的隊伍基於熟悉魔法以及原本就要參加那次會晤，派出的是羅絲薇瑟；莉雅絲那邊則是基於和「刃狗」隊的成員頗有淵源而挑選了朱乃學姊。

「趁著這個好機會，我想就近觀察冰姬的術式。」

「呵呵呵，感覺好像會很開心呢。」

羅絲薇瑟、朱乃學姊兩位都意外地很開心的樣子。

當然，因為要對付的主謀是我的宿敵——

「我兵藤一誠也願意協助！」

——我本人也表明要參加。

如此這般，我和朱乃學姊和羅絲薇瑟，開始和夏梅小姐以及鮫島先生一起保護拉維妮雅小姐。

話說回來，真不知道瓦利到底是怎麼了……

我和朱乃學姊和羅絲薇瑟三個人一邊保護著拉維妮雅小姐，一邊來到據說是「刃狗」隊的辦公室的二十層大樓。

地點在從駒王町坐電車搭兩站的車站附近。

我們前來叨擾的這棟大樓，一樓和二樓有幾間出租店面，有便利商店和藥妝店、美髮沙龍等各式各樣的商家進駐，二樓最裡面的地方有一間沒有招牌的辦公室。那裡就是「刃狗」

隊的辦公室。

聽說辦公室的入口平常施加了驅人的術法，基本上一般人無法接近那間辦公室。不過，這棟大樓本身好像就是神子監視者的相關設施就是了……

順道一提，幾瀨他們工作的「BAR『黑狗』」也離這棟大樓很近。幾瀨在那裡當酒保，拉維妮雅小姐則是酒吧的駐唱歌手。

那間酒吧所在的大樓一樓還有一間餐廳，聽說那裡似乎也是「刃狗」隊的成員們工作的店家，幾瀨偶爾也會在那裡做些拿手好菜讓客人享用。

走進辦公室——裡面和一般的辦公室一樣排著辦公桌，上面擺了文件和電腦等的東西。和我經營的辦公室相去不大。

——這時，大型的黑狗——刃一聲不響地從辦公室裡現身。完全感應不到牠的氣息讓我有點害怕……

夏梅小姐摸了摸刃的頭。

「哎呀，刃。鳶雄把你丟在這裡了啊。」

刃將視線從夏梅小姐身上移到我們的——正確說來是朱乃學姊的身上。刃來到朱乃學姊身邊，在朱乃學姊前面坐下來。

刃看起來很願意親近朱乃學姊。我猜是因為朱乃學姊身上散發出來的氣焰等和她的主人有些類似吧。

夏梅小姐見狀也笑了。

「果然，因為朱乃和鳶雄是表親，刃也覺得妳很容易親近吧。」

正如夏梅小姐所說，朱乃學姊和「刃狗」隊的隊長——幾瀨鳶雄有血緣關係，是表親。

或許是因為這樣吧，這隻黑狗——刃，以前也曾經趕來為朱乃學姊助陣。

「呵呵呵，好久不見了，刃。」

朱乃學姊也開心地摸了摸刃的頭。

夏梅小姐看著朱乃學姊的臉孔，似乎想起了什麼，整個人湊了過來。

「對了對了！妳知道上次朱雀怎樣了嗎！」

聽見姬島家現任宗主，也是朱乃學姊的堂姊的名字，朱乃學姊也大驚失色。

「朱、朱雀姊姊給妳們添麻煩了嗎？」

「麻煩可大了！妳知道，朱雀最喜歡折騰我們——」

就像這樣，朱乃學姊和夏梅小姐拉了兩張辦公椅並在一起，開始聊她們的共通朋友的話題，聊得相當熱絡。

另一邊，羅絲薇瑟和拉維妮雅小姐坐在安放在辦公室裡的沙發上，拿著看起來古老又艱澀的魔術書開始對話。

「這、這是……！是『灰色魔術師』針對《宣誓之書》做的註釋對吧！還有這本是梅菲斯托．費勒斯理事以自己的理論對《賢者之極》做的評論！哇哇哇，這麼珍貴的書怎麼會隨便放在這裡！」

羅絲薇瑟看起來相當亢奮，一邊拿起被堆放在辦公室的桌子上的書。

拉維妮雅小姐帶著微笑說。

「只要是我們的協會出版的書，想看多少我都可以借妳。」

「怎、怎麼可能！這些是『灰色魔術師』保密到家的書才對吧！那、那麼貴重的書，真的可以借我嗎？」

「我想應該沒問題吧。只要我開口拜託理事，應該能得到許可才對。」

「……我真正體認到當『D×D』的好處在哪裡了！」

她們好像聊魔術書聊得很起勁。

哎呀呀，朱乃學姊和夏梅小姐，羅絲薇瑟和拉維妮雅小姐，兩對開始各聊各的了。

這時，有個新來的人走進房間裡。是一位容貌讓人聯想到西歐人，將一頭偏暗的金髮綁成雙馬尾的美女！

她最大的特徵是異色瞳，右眼藍、左眼黑。還用雙手抱著奇妙的生物……一隻臉上戴著面具的小型怪獸（外表看起來像是有四隻腳的動物……）——當我這麼想的時候，才發現還有兩隻跟在這個人的腳邊，依偎著她。

領著三隻戴面具的小型怪獸的美女對我打了招呼。

「午、午安。我是七瀧詩求子，是『刃狗』隊的一員。」

直接對話還是頭一遭，不過我認得這個人。七瀧詩求子小姐！我也說「妳好，我是兵藤一誠」，回應她的招呼。

看見七瀧詩求子小姐和我像這樣打招呼，夏梅小姐對我說道。

「這麼說來，你們兩個好像是第一次碰面呢。她也是從隊伍集結時就在的隊員之一。你或許已經知道了，她是史上最強的『饕餮』使者，也是我們隊上破壞力最強的力量型。」

沒錯，單就大會的比賽看來，這麼一個苗條的女生居然是力量型呢。

——說是這麼說，其實真正的力量型是她使役的怪獸，「四凶」之一的饕餮。真面目是獨立具現型的神器。

現在雖然小到可以抱在手上，但在比賽中會變成非常巨大的怪物。在比賽的影片當中，從惡魔的魔力到魔法師的魔法，甚至是神器的異能，無論是任何力量都能夠完全吸食殆盡，吞進肚子裡。聽說就連神滅具的異能都吃得掉。

然後再加上巨大的軀體帶來的力量，以及從巨大的軀體難以想像的速度，在比賽當中大放異彩。那個時候她使役的只有一隻，如果同時派出三隻，真不知道會變成怎樣……？

寄宿在我體內的德萊格說：

『饕餮在中國的異獸當中也是首屈一指的怪物。據說牠能夠吞噬任何東西。甚至連概念都能夠吞噬。因此，聽說能夠使役的人類相當罕見。而她居然能夠使役多達三隻……哼哼哼，這支隊伍有個非常不得了的傢伙嘛。』

就連德萊格都這麼說的話，應該真的非同小可吧……

七瀧小姐為我介紹三隻饕餮。

「這是阿破，這是阿波，那是阿碰。」

「「「波。」」」

在介紹的同時，三隻饕餮同時叫了……但是三隻看起來全都一樣，所以我覺得只要一移開視線就會完全分不清楚哪隻是哪隻了！

——這時，七瀧小姐對夏梅小姐說：

「啊，對了。吶吶，夏梅。因為瓦利的事情，玄武她——」

哎呀呀，七瀧小姐也加入那邊的對話了。

正當我感到無所事事時，鮫島先生拍了我的肩膀。

——！他遞了一片盒裝DVD到我眼前來。

封面上面寫的標題是《聖乳傳說　～最胸幻想傳外傳～》，還印著穿著惹火的大姊姊！

鮫島先生帶著笑容說了。

「不如我們去那邊看這個怎樣？」

竟然！看來是個志同道合的前輩，真是太令人感激了！

「好的！一定要的！」

我立刻如此回應，男人們的看片會就在隔壁的房間開始了——

在辦公室有著這樣的互動之餘，美猴之後的刺客意外地在當天便現身了。

打開辦公室的入口跑進來的——是黑歌！

「呀呵～聽說這裡來了很多人所以我也跑過來了。」

黑歌就這麼出現在我們面前！她大步走過辦公室，在某個人面前停下腳步。

「拉維妮雅小公主，把那個東西給我吧喵♪」

黑歌剛來到拉維妮雅小姐的面前，便伸出手這麼說。

拉維妮雅小姐保持著微笑這麼回道：

「不可以。那是很重要的東西喔。」

黑歌聽她這麼說，「喵哈哈」地笑了，然後露出戲謔的表情。

喔，露出那種表情的時候，黑歌多半都在動歪腦筋！

正當我提高警覺時，黑歌原地伸出一隻手展開了魔法陣。

「既然如此，就讓我施術來束縛妳一下子吧喵！再趁機把那個東西……呵呵呵呵！」

喂喂喂，這隻貓又還是老樣子，惡作劇不遺餘力啊！

就在我準備阻止黑歌的時候。

鮫島先生從旁介入，從懷裡掏出一個小袋子並撕破，然後將那包東西丟向黑歌。

破掉的袋子被丟到黑歌頭上，裡面的粉末輕飄飄地擴散開來。

有點刺鼻的獨特氣味瀰漫著房間。

接著──黑歌產生了變化。

「…………嗚、嗚喵──────♪」

她露出像是喝醉般的恍惚表情，在辦公室的地板上窩成一團，然後就這麼在地板上翻滾了起來，像隻貓似的！

──這時，鮫島先生的貓「白砂」正好在黑歌附近，也跟著翻肚，發出開心的呼嚕聲。

鮫島先生「哈哈哈」地輕輕笑了，並說道：

「這是我請神子監視者為白砂製作的木天蓼，之前也對貓又起過作用。果然對貓魈也很管用呢。」

啊，這是木天蓼的功效啊！而且還是神子監視者的特製品！那也難怪連黑歌都會像這樣狂呼嚕了。

原本都已經打算惡作劇的黑歌竟然突然就像這樣醉倒，看來功效非常強呢……

鮫島先生帶著戲謔的笑容對我說：

「這個也給你幾包如何啊？」

接著，他在我耳邊低語。

（用了這個，你想對那隻貓又做再多色色的事情都可以喔。）

——！這句話令我受到震撼！

……只、只要有木天蓼就可以控制那隻愛惡作劇的惡貓嗎！

這、這個提議確實非常有吸引力，但我覺得還是自己追求對方，最後才做色色的事情，無論是對我還是對女方都比較合情合理吧！

但、但是，木天蓼玩法太吸引人了！

看黑歌現在呼嚕成那個樣子，讓我覺得這樣也不錯，更冒出了如果用在貓又姊妹身上不知道會怎樣的這種想法！

我多方思考過之後的結果——

「……總之，請先讓我認真思考過再說！我會積極衡量的！」

光是這樣回答就已經是我的極限了！

——於是，我們擊退了第二名刺客黑歌。

總之，我們決定抓住黑歌來問話——

「咦！瓦利四年前寫的筆記！」

我如此怪叫。

抓住黑歌之後，我正式向「刃狗」隊詢問了這件事情的原委，結果得到了這般回答。

——瓦利過去的筆記在拉維妮雅小姐手上，而他似乎想拿回去。

夏梅小姐表示。

「瓦利他四年前……已經五年前了吧？總之差不多這麼久以前寫了三本黑歷史筆——咳咳。」

她乾咳了一下，然後改口。

……她剛才原本想說「黑歷史筆記」對吧？

「瓦利留下了三本正典。分別是《心之書》、《技之書》、《術之書》。《技之書》已經被他收回去了，《心之書》和《術之書》則是拉維妮雅在妥善保管。」

拉維妮雅小姐拿出兩本筆記。

封面上以英語寫著「Vali Lucifer」。

……我知道這個東西。以前我去幾瀨和拉維妮雅小姐經營的酒吧時，拉維妮雅小姐給我看了一本筆記。

筆記裡面寫著一連串那個傢伙說過的台詞，可以看得出他從四年前就在思考那種裝模作樣的台詞。

鮫島先生一邊喝咖啡一邊說：

「順道一提《心之書》是中二病爆發的台詞集，《技之書》也是中二病爆發的那傢伙想出來的必殺技集。」

我看過的是《心之書》是吧。你的筆記相當令人無言啊，瓦利！

拉維妮雅小姐攤開我沒看過的另外一本筆記，並說道：

「然後，《術之書》寫了許多小瓦針對魔法與魔力建立的獨門理論，是相當重要的一本筆記。」

我忍不住好奇地看了筆記。

……內容是取了奇特名稱的魔力、魔法，還附上插圖表示發動那些術法的時候要擺的動作。還附上類似咒文的文章。

這就是《術之書》啊。瓦利那傢伙的中二病真是病入膏肓……

七瀧詩求子小姐說：

「那個時候的小瓦，在寫筆記的時候好像還挺興高采烈的呢。」

寫得那麼興高采烈是吧。我也想看一下那個場景……

被繩子綁著的黑歌興致勃勃地說：

「就是那個！那個借我看一下！雖然瓦利叫我搶回去，不過你們肯借我看的話我就不會交給瓦利了喵。不如說，我只要看過就心滿意足了♪」

倒戈得太快了吧！這傢伙之所以來這裡一開始就是為了看筆記的內容嗎！也是，知道隊友有中二病時代的設定筆記這種東西的話，確實是會想看！尤其這種喜歡惡作劇的傢伙更是如此！

拉維妮雅小姐一邊闔上筆記，一邊搖頭。

「這可不行。因為，我覺得這種東西只有當時的成員，或是命中註定的宿敵才可以看。」

喔喔，也就是說除了我和「刃狗」隊的人以外都不能看嘍。也對，畢竟內容非同小可，要是隨便給太多人看的話，瓦利的精神可能會嚴重受創……

聽說瓦利很想回收這些筆記所以一直在找，看來他終於發現是在拉維妮雅小姐手上了。

於是就搞出這次的事情了是吧。那當然了，留下這種丟人的筆記又不知道下落的話，一定會想要全力找出來。

話說回來，他寧可冒著被同伴看到的風險也不願意自己來拿的理由是什麼啊……

儘管我心裡是千頭萬緒，但總之在擊退黑歌後，這天也就此結束了。

兩天後——拉維妮雅小姐他們說是要參加有別於那個會晤的三大勢力相關人員會面，我們便負責保護她。

這次會面是在駒王町周邊工作的三大勢力成員們的近況報告會。我們「D×D」可以不用參加。當然，如果有什麼重要的事情會跳過報告會，直接將情報報告給我們就是了。

在前往報告會的途中，我們為了走捷徑而準備穿越公園的時候。

那些傢伙再次出現在我們眼前！

「喲，冰姬小姐！這次我們沒有拿到那本筆記可不會罷休喔！」

美猴帶著沙悟淨和豬八戒再次登場！

我和朱乃學姊、羅絲薇瑟擺出架勢，護著拉維妮雅小姐。

看著擔任護衛的我們，美猴也吃了一驚，但立刻豪邁地笑了。

「哼哼哼，妳把赤龍帝和他的夥伴們也叫來啦。沒關係喔？反正為了對付『刃狗』隊，我們雖然沒有狗，但也帶了狼過來！」

說著，一頭灰色的狼——芬里爾便從美猴背後登場！

喂喂喂！為了回收筆記居然連傳說中的魔物都派出來了喔！

「居然找芬里爾來喔！」

我提高警覺。大概是因為過去曾和牠激戰過吧，朱乃學姊也在手上閃現雷光。

「看來他們認真起來了。」

我也進入隨時能穿上鎧甲的狀態，羅絲薇瑟也從手上變出魔法陣。

……沒、沒想到保護瓦利的筆記還得搞到必須使用禁手（balance breaker）……

美猴邊笑邊說：

「哈哈哈！我要搶先確認那本筆記！瓦利那傢伙命令我們來回收的時候著急成那個樣子，可見那本筆記相當精采吧？哎呀——太令人期待了！」

或許是因為動用了芬里爾吧，他氣定神閒地這麼說。

「我有辦法應付。」

朱乃學姊如此表示，然後原地舉手。

——於是，一道黑影就此現身。

介入正在對峙的我們之間的是——那隻黑狗，刃！

「既然要對付的是芬里爾，或許刃會幫我們解決呢。」

朱乃學姊這麼說。光是舉手就會跑出來，看來朱乃學姊和刃之間已經建立起信任了呢。還是這是親戚才有的姬島效應呢？

被叫出來的刃站到芬里爾面前。雙方怒目相視，一邊是傳說中的噬神狼，一邊是神滅具「黑刃狗神（canis lycaon）」！

「…………」

「…………」

兩隻動物沒有吼叫，只是默默瞪視著彼此。

不久之後——芬里爾原地向後轉，對著美猴進入戰鬥狀態！

芬里爾對美猴齜牙咧嘴了起來！牠反過來對付同伴了！

對此，美猴驚訝到眼珠都要蹦出來了！

「喂，你幹嘛作勢要攻擊我啊，芬里爾——！」

然而，首當其衝的芬里爾依然維持著齜牙咧嘴的狀態，帶著沒對我們展露的凶狠表情衝向美猴！

分居美猴左右的沙悟淨與豬八戒不知道該作何反應。

「美猴先生是不是很沒人望啊……這個嘛，我也覺得是這麼回事啦……」
「這種事情，通常都是反映當事人平常的所作所為嘛。」
兩人對於芬里爾的反叛似乎都不太意外！
「嗷——嗷嗷——嗚——！」
「嗚——汪——！」
芬里爾與刃並肩衝了出去，攻向美猴！
「混、混帳東西——！給我記住——！」
美猴丟下沙悟淨與豬八戒，就此逃離現場——
公園陷入難以言喻的狀況。在我們解除戒備時，拉維妮雅小姐也嫣然一笑。
「太好了。刃和芬里爾變成好朋友了呢。」
……那樣算是變成好朋友了喔？
也罷，傳說中的狼和狗之間或許有什麼感同身受的點吧。
——這時，拉維妮雅小姐好像察覺到某種氣息，看向公園的一角。
見狀，夏梅小姐好像懂了什麼一般嘆了口氣。
「瓦利是不是在那裡？」
夏梅小姐這麼問拉維妮雅小姐。

真的假的！連我都沒發現耶……

在拉維妮雅小姐的視線前方——瓦利從公園的樹後面現身了。

瓦利朝我們這邊走來。

夏梅小姐苦笑著，神情就像是在迎接令人操煩的弟弟似的。

「你終於出來啦，瓦利。」

瓦利露出平常很少見到的困惑表情，吞吞吐吐地對拉維妮雅小姐說：

「……拉、拉維妮雅，拜託妳，把那個還給我吧。」

喔喔，我還是第一次見到這麼沒有威嚴的瓦利！和拉維妮雅小姐說話就那麼讓他不自在，或者說是害羞嗎？

至於拉維妮雅小姐本人，則是在瓦利登場後露出前所未見的燦爛笑容。

表情看起來像是可愛的弟弟終於肯回來了似的。

「小瓦，你終於肯出來啦。那麼，我們一邊喝茶——」

瓦利對如此悠哉的拉維妮雅小姐說：

「不，我過來並沒有那個打算。我希望妳可以把那本筆記交給我。那個東西……我只想立刻處理掉。我已經不是那個時候的我了，拉維妮雅。唯有這件事情我要請妳諒解。」

瓦利相當嚴肅，但拉維妮雅小姐只是歪著頭，顯得有點傷腦筋罷了。

你姊姊太可愛了吧，瓦利——————！太令人羨慕了！

我有意無意地問了夏梅小姐。

「請、請問，瓦利一直到這一刻都沒有辦法直接出來是因為……」

夏梅小姐笑容滿面地說：

「當然是因為害羞嘍。筆記本的事情固然也是原因之一，不過那孩子真的對拉維妮雅很沒轍。誰教她是小瓦的姊姊。」

而她口中的姊姊對瓦利說：

「我明白了。既然小瓦都說成這樣了，我就把筆記還給你吧。」

聽見這句話，瓦利放下了心中的大石頭。

——然而，拉維妮雅小姐在拿出筆記的同時，又這麼補充。

「交換條件是，我想摸摸小瓦的頭。」

「——！」

拉維妮雅小姐的請求讓瓦利打從心底為之驚愕！

需要驚嚇成那樣嗎！可以讓這種美女摸摸頭，如果是我的話，隨時隨地都很樂意給她摸好嗎！

「……在兵藤一誠的面前嗎？」

瓦利看向我，提心吊膽地這麼問。看來，他果然是不想在我面前那麼做。

拉維妮雅小姐只是帶著笑容簡單回答了一聲「是的」。

瓦利說「給我一點時間考慮！」後，當場雙手抱胸，帶著一臉凝重的表情開始沉思。

看來在那傢伙的心目中，讓拉維妮雅小姐摸摸頭似乎是非常需要心理準備的一件事。

看著這幅光景，夏梅小姐和鮫島先生、七瀧小姐……

「這一幕很珍貴喔，兵藤一誠。」

「該怎麼說呢，有這個好機會，瓦利也趁機重拾往日情誼不就好了嗎？」

「真是令人懷念呢～以前就是這種感覺。」

分別這麼說。

回到重頭戲，首當其衝的瓦利——在認真思考了好幾分鐘後，以搶回筆記為優先事項便接受了拉維妮雅小姐的條件，回答她說「我知道了」。

聽見瓦利答應了，拉維妮雅小姐便靠過去，將那傢伙的臉龐摟至胸前。

帶著充滿慈愛的表情，拉維妮雅小姐輕輕撫摸瓦利的頭。

「……希望你可以來找我和托比玩。我們隨時等你來。」

拉維妮雅小姐這麼告訴他。

瓦利——他的臉紅到不能再紅，表情也變得難以形容。

約莫過了一分鐘，瓦利從拉維妮雅小姐身上離開，然後迅速從拉維妮雅小姐手上搶走兩本筆記。

「筆記我就拿走嘍。」

說完，瓦利便展開光翼，高速飛離現場。

目送著瓦利的拉維妮雅小姐只是揮了揮手。在這個人的心目中，大概真的是把這次事件當成瓦利總算來找她玩的程度而已吧。

話雖如此，這樣筆記就全都落到瓦利手上了耶……

夏梅小姐對拉維妮雅小姐說：

「筆記交給他沒關係嗎？」

為了回答這個問題，拉維妮雅小姐在腳邊展開魔法陣，變出了一大堆東西。

出現在魔法陣當中的是堆積如山的大量筆記本！

面對無數筆記本堆積而成的山，拉維妮雅小姐帶著笑容說了。

「沒問題的。對於小瓦而言，那些筆記既寶貴又重要，所以我準備了很多複本。」

——！天啊！瓦利，你的煩惱根源還有這麼多喔！

對此，羅絲薇瑟接著補充。

「其實，我也不得不幫忙準備這些複本……而且，我們製作這些複製筆記時還施加了魔法，所以防禦比原本的還要完美。無論是想取得還是想處理掉，瓦利隊都得苦戰一番吧。」

羅絲薇瑟也幫了忙嗎！而且已經用魔法強化過了喔！

到底還得讓她摸摸頭幾次，瓦利才能把這些全部搶回去呢！

在羨慕他有摸摸頭之餘，對於今後似乎也沒有好日子過的宿敵，我也只能在心裡為他加油了。

Restaurant.

在排名遊戲國際大會的正式賽即將開始的不久之前——

這天，我兵藤一誠和莉雅絲一起帶著剛成為我的眷屬的英格薇爾德，來到幾瀨鳶雄當廚師的餐廳。

行程正好能夠配合的朱乃學姊和小貓也一起來了。

「歡迎光臨。要吃什麼？」

我們在吧檯坐下後，幾瀨立刻這麼問我們。他甩平底鍋的動作相當有模有樣。

「來點英格薇爾德會喜歡的東西，然後我要吃什麼呢……」

我看著菜單，正在猶豫要點什麼時——

忽然，有人向我搭話。

「義大利麵類都不錯喔。」

「這裡的西餐每一樣都很好吃。」

而且還是從不同方向分別對我說！

我看了一下，附近的桌位坐著瓦利……還有一個曾經見過但我想不起名字的，穿著黃色衣服的美少女（年約十六～十七歲）！

然後，比較裡面的桌位坐的是曹操！

為何你們會在這裡！不對，瓦利和幾瀨原本就認識，曹操也和幾瀨有過不少交流是吧。話雖如此，目前湊在一起的成員還真不是蓋的。

算、算了，先點餐吧。我們各自點了主廚推薦的漢堡排套餐和牛肉燴飯、義大利麵等。

「我記得，妳是——」

莉雅絲對著和瓦利同桌的少女搭了話。少女站了起來，恭敬地行禮。

「抱歉沒有先打招呼。我是童門玄武。」

童門——是五大宗家之一，而且她還擁有靈獸「玄武」的名字。仔細一看，桌子上有隻大概十五公分大的烏龜……而且尾巴長得很像蛇……看來不是普通烏龜……那就是靈獸「玄武」？

應該說，我記得在死神襲擊事件的時候也見過這個女孩。

「哎呀，莉雅絲。妳是第一次直接和她交談嗎？」

朱乃學姊這麼問。看來朱乃學姊和童門玄武小姐打過照面。兩人在視線對上的時候還說「上次麻煩妳了」、「好說好說」，彼此打招呼。看來是五大宗家之間的關聯吧。

我對瓦利說：

「怎麼，約會啊？」

聽我這麼說，瓦利還沒有反應，倒是童門玄武滿臉通紅了起來。

「才不是約、約約約約約約約、約會呢……！我只是偶然在這間店遇見瓦利而已……」

啊，原來是這樣。雖然不知道是哪一邊先來到店裡的，不過就這麼併桌了是吧。

我想，一定是幾瀨好意安排的吧。

該怎麼說呢，他們倆的關係讓我非常好奇……不過現在還是不要追問好了。

我接著改問坐在比較裡面的曹操。

「你經常來嗎？」

曹操——他一邊吃著蛋包飯和起司漢堡排的雙拼一邊說。

「因為這間店願意配合我的喜好做調整。」

意思是肯為認識的人通融嘍。也因為是幾瀨才有這樣的福利吧。

在我和熟人閒聊時，料理一一上桌了。

首先端給英格薇爾德的是——鯛魚的西式生魚片。而且相當道地！

幾瀨一邊做菜一邊說：

「我聽說妳之前在海邊生活，所以想說煮海鮮應該比較好。我現在正在做烤旗魚和海鮮義大利麵，稍等一下。」

幾瀨做菜的手腳之俐落，令人不禁感覺到強烈的烹飪系型男的力量！

我們每個人點的料理也都接連上桌，大家都大快朵頤。

唔哇～太好吃了吧！這個漢堡排！肉排厚又多汁……鮮味更是驚人！感覺得出是為了襯托肉本身的美味而調整過醬汁！

「……這道義大利麵的食譜，不知道能不能等等請他告訴我。」

廚藝了得的莉雅絲也如此讚嘆！

「呵呵呵，以後和一誠約會也來這間店好了。」

朱乃學姊也這麼說。嗯，這間店在味道方面確實不差，約會的時候來也很適合。

「……願意加大分量更是令人感激。」

加大分量……應該說是特大分量的漢堡（疊了十層）讓小貓吃得津津有味。

然後，最重要的英格薇爾德則是——

「——好吃。」

看來很合她的意。後來上桌的烤旗魚和海鮮義大利麵她也都吃得津津有味。

依然在做菜的幾瀨說：

「有什麼喜歡的菜色或想吃的東西不用客氣，儘管告訴我。記住夥伴的喜好來烹調是我最拿手的事情。」

啊～難怪瓦利和曹操會來了。原本就已經夠好吃了還願意這樣配合我們，當然要光顧！

真想和今天剛好來不了的愛西亞她們一起來吃。

這個假日的景象是如此的稀鬆平常——

Life.7 超級英雄的考驗

事情發生在我在「兵藤一誠眷屬事務所」處理惡魔的工作的時候。

有人透過通訊魔法陣發出委託。

『希望你務必協助。』

——如此委託我的，是我認識的一群人。

下個假日，我帶著自己的眷屬愛西亞、潔諾薇亞、羅絲薇瑟、蕾維兒（還有非眷屬的伊莉娜和愛爾梅希爾德）一起前往委託人的所在處，只是移動方式並非轉移……而是步行。

目的地是隔壁鎮上的企業大樓。

那間公司只有在中午時段為了讓大家去餐廳用餐而開放給一般訪客，我們這些學生也能進去裡面。

來到餐廳的樓層，刻意略過餐廳，繼續沿著走廊前進後，我和夥伴們便看到一名正在拿著拖把清掃的清潔工。

清潔工看見我們的身影便脫下帽子對著我們揮了揮。

「不好意思，還要你們特地跑一趟。」

說出這種話的清潔工大哥——是曹操！英雄派的領袖！沒想到，他居然在當企業大樓的清潔工！

看見我們對他的工作感到驚訝的模樣，曹操輕輕笑了一下。

「呵，這柄拖把和聖槍一樣長呢。」

欸不是，你幹嘛一臉覺得自己很幽默的樣子啊！

我們跟著完成工作的曹操一起來到大樓的樓頂。曹操在這裡開口道：

「其實是這樣的，我想委託的事情沒有別的——是希望你們協助我們英雄派的活動。應該說，沒有你們協助的話大概成不了事。」

依然穿著清潔工制服的他這麼說。

潔諾薇亞說：

「協助英雄派是吧。不過，我聽說你們因為做了太多壞事，除了大會以外，基本上都處於停止活動狀態吧？不如說，要是開始活動的話還會遭到肅清。」

沒錯，正如潔諾薇亞所說，英雄派原本是恐怖分子「禍之團(Khaos Brigade)」的一分子，不但對各勢力發動恐怖攻擊，更引起「魔獸騷動」等重大事件，因此表面上已經解散了。

然而，他們被須彌山的天帝，也就是帝釋天給撿了回去，領著「天帝的尖兵」這個頭銜，整個組織都被編入須彌山。由帝釋天肩負起監視這些傢伙的責任，這些傢伙則是為了帝釋天行動，英雄派的活動才得到了許可。當然，必須受到看管。要是做出什麼可疑的行動，就會遭受神祇肅清。

正因為受到如此嚴格的監視，他們才能參加目前正在舉行的排名遊戲國際大會……話雖如此，他們原本是恐怖分子這件事仍是不爭的事實。既然會找身為反恐小隊「D×D」成員的我們來協助他們，就表示……

聽了曹操的請求，蕾維兒像是想通了什麼似的說：

「只要有我們……『D×D』的相關人員，或是赤龍帝來協助你們，你們就能做某種想做的事情……你的言下之意是這樣吧？」

聽蕾維兒這麼問，曹操點頭以對。

「不愧是赤龍帝的智囊，一點就通，省事多了。」

曹操說：

「其實，在參加大會之後，不斷有人表示希望能加入我們的隊伍。原本我們都是婉拒這種請求……但是，最近夥伴之間開始出現不同意見，認為舉辦一次測試，挑個幾名入隊或許也不錯。」

喔喔，原來有這種狀況啊。

也對，畢竟這些傢伙在大會中勢如破竹，看他們那樣大放異彩，不知該如何宣洩力量的神器持有者大概很有感觸吧。

如果其中有人能夠成為助益的話，也是這些傢伙很想要的戰力吧。

曹操繼續說了下去。

「然而，我們曾經闖過禍，都是戴罪之身。擅自增強戰力視同死罪……在這樣的前提下，我們詢問了上司——天帝。」

『這個嘛，如果有世人心目中的正義使者「D×D」的人……主要是赤龍帝小鬼之類的，願意就近看著你們的話，應該可以吧？』

——來自帝釋天的回應似乎是這樣。

曹操鄭重其事地對我說：

「也因為這樣，我希望能仰仗你的協助。我們想辦個類似入團測試的活動，希望你能夠擔任監考官……當然，測試內容我們會準備，不需要勞煩你。」

原來有這麼一回事啊。

這個嘛，如果是去年的話我一定會立刻回絕……但現在我們和這些傢伙之間的關係也有了很大的改變。

「我是無所謂。不過還得要時間配合得上。」

我這麼說。

眷屬們和伊莉娜似乎有點心情複雜，不過看來最後的結論是如果我覺得可以就無所謂。

蕾維兒也點頭了。

只是，似乎有什麼事情令蕾維兒很在意，於是她問了曹操。

「話說回來，你為什麼會在這棟大樓工作？」

沒錯！這件事情我也很好奇！曹操在當清潔工，出乎意料也該有個限度吧。

曹操聳了聳肩說：

「以我的立場而言，經常要潛入各式各樣的地方。還有，想要直接取得人類世界的情報、情勢，像這樣工作也是個好方法。另外，就純粹是資金方面的問題了。」

蕾維兒說：

「資金方面……我確實是聽過流言，說英雄派缺乏資金。」

是喔，原來還有那種傳聞啊。

曹操說「消息真靈通啊」並諷刺地笑了笑，卻也承認了蕾維兒的發言。

「我們有我們的狀況，現在永遠缺錢。話雖如此，要付給你們的錢不會有問題的。該付的錢我們還能準備。」

曹操是這麼說啦……

這樣啊，這些傢伙的經濟狀況那麼不好啊。

愛爾梅希爾德對我耳語。

（聽說他們有在捐贈復興支援金給他們當時還待在「禍之團」時所破壞的各個都市。）

啊——他們正在像這樣彌補自己犯下的錯誤是吧……所以才會永遠缺錢。也對，畢竟這些傢伙引發的魔獸騷動所造成的災情相當可觀嘛……

儘管得知了這樣的內情，我們依然決定在下個假日在英雄派所謂的入團測試當中擔任監考官——

於是，下個假日——

我們來到了英雄派新成員入團測試的會場……也就是東京的柴又！

聽說，這裡似乎是「帝釋天的管區」之一，能憑藉天帝的權威借用附近的設施。的、的確，這裡是有「柴又帝釋天」沒錯啦……

我們在位於柴又地下的廣大空間中設置的考場開始擔任監考官。

這裡的天花板很高，橫向範圍也很寬敞，感覺動得比較激烈一點也不成問題。而且聽說不只這裡，還有好幾個像這裡一樣的寬廣空間。

話說回來，會提供給我們這些非人者或異能人士的地方，都是類似這樣的地下空間呢。

應該說，超自然界的大人物們在地下擁有的這種地方未免也太多了吧？

在我如此心生疑問的同時，總數將近兩百名想要入團的人為了接受測試而來到這裡。

大家的神情都鬥志十足。男的多半都是體格壯碩的人，女的也都是面貌雄壯，讓人覺得是身經百戰的強者。

他們各個都是武功高強的人類，其中當然也不乏神器持有者，聽說更有傳承了英雄的血統──或是繼承了靈魂的人前來參加。

換句話說，和普通人相比，聚集在這裡的人全部都是具備超強力量的人類。

……話雖如此。

「……唔、喂，那是赤龍帝耶。」

「潔諾薇亞．夸塔、紫藤伊莉娜，還有羅絲薇瑟也在。」

「為什麼『燚誠之赤龍帝』隊會在這裡啊……？」

前來參加考試的人們發現我們後，全都露出提心吊膽的表情。

蕾維兒說：

「對於具備異能的人類而言，一誠先生自然不用說，各位也都不是只用強者兩個字可以形容的了。說起來可能不好聽，不過各位被當成怪物是理所當然的事情。畢竟各位在大會中大殺四方的表現是那麼驚人。」

……這樣啊，原來擁有異能的人類戰士是那樣看我們的。畢竟我們在大會中憑著不惜破壞戰場的氣勢幹了很多事情嘛……而且還是現在進行式。

經歷了這樣的插曲後，英雄派的格奧爾克站上了設置在會場中的講台。他透過擴音器大聲說道：

『呃──到場的各位。今天──』

如此這般，「英雄派成員測試」就此開始。

首先，第一個項目是筆試。

作為集合地點的會場隔壁的空間裡設置了桌椅，筆試就在這裡進行。

筆試似乎已經事先告知過考生，參加考試的戰士們紛紛拿出自己的文具做最後的複習。

……感覺好像入學考試喔。畢竟這是測試，會像也是理所當然的，不過戰士還要考筆試啊……

當我們在筆試會場的角落等待時，一頭棕髮的型男──珀修斯對我們說：

「總得要有最低限度的腦力吧。啊，拿去，艾草糰子。」

——說著，他還給了我們柴又的名產艾草糰子……

反正我們只是在旁邊看著，是無所謂啦。蕾維兒似乎因為有機會掌握對手今後的戰力而顯得興致勃勃。

英雄派的成員一一將考卷發到桌上。而在講台上等一切準備就緒的人——是羅絲薇瑟。因為在當老師，她自願擔任筆試的主考官。

「唔！那邊的考生，禁止交頭接耳！那位小姐也是，請不要在考試前化妝！」

她敏銳地監視著考生的行動。不愧是老師，在考試前特別嚴格。

考卷發完後，在所有考生都安靜地等待時，羅絲薇瑟開了口——

「請開始。」

筆試就在她出聲的同時開始了。

現場只剩下考生們默默在考卷上寫字的運筆聲響。

……好吧，待在這邊看也很無聊，來確認一下筆試的內容好了。

筆試的內容，有關於英雄這個主題的基本問題和各個神話，超自然世界目前的情勢等，從歷史到現代社會針對非人者與異能的世界出了各式各樣的題目。

連某個歐洲英雄的傳奇故事和日本的戰國時代都成了題目……這種題目我可沒有自信能考過。

——這時，我無意間看到令我很在意的題目。

第15題：請寫出下列禁手的唸法。

「極夜之天輪聖王的輝迴槍」

（　　　　　）

「還拿你的亞種禁手的名稱來出題喔。」

我忍不住吐嘈坐在我旁邊的曹操！

叫人家寫曹操的禁手……而且還是亞種禁手是怎樣！

曹操輕輕笑了一下。

「我好歹也是大會參賽者。身為隊長的我的禁手名稱這種事情總該知道一下才行吧。」

話是這麼說沒錯，但你的禁手名稱在我知道的禁手當中也算是特別臭特別長的一個喔！

不過我記得。是polar night longinus cakravartin！怎樣，厲害吧！

順道一提，我個人覺得特別難記的禁手名稱，有阿加的「禁夜與真闇之翳的朔獸（forbidden invade balor the beast）」，杜利歐的「聖天虹使之必罰（flagello di colori del arcobleno）」，幾瀨的「深淵之冥漠獸魔，當成英傑之常夜狗神（perfectus tenebrae lycaon et fortis dens lailaps）」，終末之綺羅星（speranza di briscola）」。真是的，大家對亞種禁手的名稱都太過講究了吧……不過，把這些都記起來的我也不太正常就是了。可是畢竟有交情，同伴難得有禁手，就覺得好像要記住……

海克力士一邊抓後腦杓一邊說：

「……光是曹操的禁手就已經夠麻煩的了，該不會其他神滅具的浮誇禁手也被拿來出題了吧？」

正如海克力士所說，我剛好想到的阿加他們的禁手名稱也出現在後面的考題當中……要當英雄派的成員還真不容易。

曹操如此補充。

「這題也看一下。」

我看向剛才那一題的下一個題目——

第16題：第15題是「黃昏聖槍(true longinus)」的亞種禁手，請寫出一般禁手的名稱，並一起標出唸法。

「　　　　　　　　」

（　　　　　　　　）

曹操說：

「當然，一般的那種我也希望大家都知道。」

啊，這個我也答不出來。

亞種那邊大概是因為太長我反而記得，一般的我卻記不住！應該說，連一般的禁手也得回答喔！你的又不是這種！

名稱到true longinus為止都一樣對吧……剩下的部分好像有什麼白夜還是什麼的……

「一誠，你看。」

潔諾薇亞指著考題對我說。

第29題：以英雄派的競爭對手「燚誠之赤龍帝」隊的隊長兵藤一誠為藍本的角色是「乳龍帝胸部龍」，請完整回答「胸部龍之歌」第三段的歌詞。

「……連『胸部龍之歌』的歌詞都變成題目了喔！」

連我的歌也拿來出題，我已經不知道該說什麼了……

「放心吧。我們確實問過吉蒙里家了。版權部分不成問題。」

曹操是這麼說啦……但對我而言，問題不在這裡啊。

「唔，第三段我想不起來……」

「我不確定是飛，還是戳來著……」

「我只記得陷陷陷呀啊——的部分……」

看吧看吧，考生都因為歌詞題而抱頭陷入苦戰了吧！對於沒有興趣的人而言，這完全是未知的領域啊！

愛西亞帶著一臉困惑的表情問我。

「一、一誠先生，這一題……」

我看向愛西亞注意到的題目——

第31題：在身為赤龍帝的兵藤一誠就讀的學校有一部只在部分女學生之間流行，以赤龍帝・兵藤一誠與吉蒙里眷屬「騎士」木場祐斗為題材，名為《王子×野獸》的同人誌，請問該系列第十五集當中「王子祐斗」對「野獸兵藤」發動攻勢時所說的台詞是下列何者？

1、「我的魔劍創造(sword birth)想要你的贈禮啊。」

2、「好了，乖乖成為我的雙霸的聖魔劍(sword of betrayer)吧！」

3、「從明天起你就是我的聖霸龍騎士團(glory drag trooper)的一部分了。」

4、「我的格拉墨和你的阿斯卡隆交合的時刻到來了。」

「為什麼連這種事情都變成考題了啊！這完全沒有關係吧！」

我忍不住吐嘈！那當然了！為什麼在駒王學園的部分學生之間流行的我和木場這樣那樣的薄本會變成出題範圍啊！這已經不是稀有情報能形容的東西了吧！如果來這裡的考生中有人答得出這題的話也太可怕了吧！我絕對不想認識那種人！

「我們的女性成員中似乎有人很喜歡那部作品，所以就當成難題之一放進去了。」

曹操如此回答！

真的假的啊！那個薄本在英雄派也有流通嗎！

「我也挺喜歡的喔。第十七集看得我都哭了。」

英雄派的貞德隨口說出這種話來！貞德小姐！妳這是什麼意思！對我而言這才是難題啊！

潔諾薇亞一邊嘆氣一邊說：

「這是我身為學生會長才聽得到的消息，據說那部同人誌偷偷再版了。這件事情讓我很在意，所以就派黃龍和蜜拉卡當密探去調查了。」

……百鬼那傢伙還是老樣子，總是被潔諾薇亞派去做些奇怪的事情……

不過，這樣啊……再版了是吧……嗯，我要找出來源阻止再版！我在心中如此立誓。

這時，似曾相識的臉孔不經意地映入我的眼中。

「……駒王學園我們也去過，原來那裡流行這種東西嗎？」

「果然那個地方一點也不普通！」

啊。那是之前來駒王學園想請我們調查黑色胸罩的女孩。隔壁那個應該也是那時候一起來的女生之一才對。

哎呀呀，這兩個女孩也來參加英雄派的測試啊？

這麼說來，曹操和那件事也小有關聯呢……

如此這般，筆試順利宣告結束。

接下來是複試，同時也是最終測驗的術科考試。

筆試之後，是利用魔法和異能快速批改考卷。加上採取了人海戰術（我們也協助閱卷）的緣故，幾個小時就批改完成了。

突破筆試這關的有二十六名。

……能夠完整寫出「胸部龍之歌」第三段歌詞的人有二十六個這麼多喔。只能說嚇壞我了。要當英雄還真不簡單啊……

術科考試的主考官是海克力士和珀修斯這兩位。

他們倆在筆試的時候都無聊到打呵欠了，但術科考試一開始就突然變得充滿幹勁。

海克力士雙手抱胸，豪氣萬千地站在筆試及格者面前。

「哈、哈、哈！你們幾個，術科可不像筆試那麼輕鬆喔？畢竟，功夫沒有辦法讓我們這些幹部滿意的話是不可能及格的！」

珀修斯一邊靈巧地要著劍一邊說：

「神器、異能、魔法之類的不要省，儘管用。因為我們想要的是能夠立刻在大會中上場的戰力。對手是傳奇魔物，有時還有神明。若拿不出像樣的實力，接下來可別想及格喔？」

像這樣，兩位肉體派主考官主導的術科考試開始了。

英雄派想要的戰士……要達到及格標準果然還是很困難，這次的考生也都在術科考試陷入苦戰。

看著考生們不斷被海克力士和珀修斯打飛，我對曹操說：

「筆試當中被刷掉的人裡面應該也有一些對戰鬥力有自信的人吧？」

我這麼說。

我覺得被剛才的筆試刷掉的那些傢伙裡面，不論知識的話應該也有體能優秀的人才對。

況且筆試內容又是那樣。

格奧爾克用力推了一下眼鏡之後回答。

「當然，我們正在別的地下空間針對被刷掉的人進行補考。儘管如此。說老實話，我們希望新血對於我們英雄派，以及今後可能在大會當中交戰的對手要有最低限度的知識。」

啊，被剛才的筆試刷掉的人還有補救措施是吧。也是啦。如果能力強大，卻因為那種測驗而無法得到應有的待遇也太可惜了。都想叫他們介紹給我們了。

格奧爾克忽然笑了。

「不過，我們同時希望新血夠幽默，或者說多一點輕鬆的態度也是事實。畢竟我們就是因為缺乏這些要素才會被你們修理得那麼慘。雖然我並不討厭現在的隊伍。」

格奧爾克與曹操的視線落在主持術科考試的海克力士及珀修斯身上。

「來啊來啊，展現足以打飛我的力量出來瞧瞧！」

「喔，這位小姐很正喔。妳幾歲？哪裡人？喜歡吃什麼？」

海克力士一面激勵考生一面揍飛考生，珀修斯則是一邊閃躲女戰士的攻擊一邊泡妞，搞得術科考試一點殺氣騰騰的感覺都沒有。

這樣一點也不像是原本有敵意與戰意的結晶的英雄派。簡直像是社團活動似的。

曹操、格奧爾克、貞德也都邊吃艾草糰子邊看考試……

——這時，術科考試當中終於出現比較有看頭的人了。

首先第一個嶄露頭角的是——

「我叫桃野吉備津彥！」

一名身穿陣羽織，綁著頭帶，看似日本人的年輕男子站上前去。

在他的身邊……有一隻身長約莫三公尺的大猴子，一隻巨大的狗，接著男子舉起手——空中便出現一隻巨鳥。

蕾維兒說：

「年紀很大的猴子妖怪，犬神……巨鳥大概是中國那邊來的吧？」

——她如此推測。啊啊，和幾瀨的刃——狗神不一樣，是妖怪的犬神對吧。帶著三隻妖怪的桃野……吉備津彥……？總覺得不禁讓人想起只要是日本人都知道的那個人物……

男子說：

「我是桃太郎，也就是吉備津彥命的靈魂的繼承者！」

喔喔，還真的是桃太郎啊！這麼說來，聽說古早以前是有那麼一個成了桃太郎的範本的人！所以他才帶著狗、猴子……和替代雉雞的鳥啊。

海克力士問桃太郎。

「猴子和狗也就算了，雉雞怎麼了？那不是雉雞的妖怪吧？」

男子面有難色。

「……因為沒有雉雞妖怪，總不能帶真正的雉雞來吧……」

看來他有他的苦衷。也是，帶真正的雉雞來也無濟於事……

海克力士露出不知道該說什麼的表情，卻也接受了他的說詞，擺出架勢。

「算了。放馬過來吧！」

桃太郎拔出腰際的刀，帶著三隻跟班衝向海克力士！

「喝啊——！」

太令人意外了！桃太郎的劍術十分了得，和海克力士打得不相上下，也靈活運用三隻跟班擾亂海克力士。

「有一套。」

「是啊」

曹操和格奧爾克也注意起這個組合。

在這樣的考生現身的同時，一旁的珀修斯也終於碰上實力頗為堅強的人了。

出現的是一個身穿中國武俠服裝的……十分可愛的小蘿莉！

蘿莉手持羽扇，氣勢十足地對著珀修斯報上名號。

「我繼承了諸葛亮的血統，是現任諸葛亮！」

她用可愛的聲音如此報上名號！

真的假的啊！也就是說她是孔明的……子孫嗎！喔喔喔喔喔！這個厲害！由曹操帶領的隊伍冒出孔明的子孫來了！不過是個小蘿莉！

曹操對此似乎也興致盎然，露出笑容。

這讓珀修斯也愉快地笑了。

「怎麼有這麼一位小軍師啊。沒想到有這麼不得了的人物混到我們隊長身邊來啦。」

珀修斯似乎不把蘿莉孔明當成一回事。

然而，蘿莉孔明的眼睛閃現亮光，將羽扇對準了珀修斯的腳下。

「開洞吧！」

她如此大喊……但什麼事情都沒發生。

「哎呀呀，怎麼了怎麼了？」

珀修斯一邊竊笑，一邊向前踏出一步。

就在這時，隨著「砰」地一個清脆的聲響，珀修斯腳下冒出一個洞。珀修斯就這樣——

「啊啊啊啊啊啊啊啊啊啊啊啊啊啊！」

——一邊大叫，一邊掉進洞裡去了！

接著孔明將羽扇指向洞穴上方，大喊一聲「擺磚！」

……在珀修斯掉進洞裡幾秒後，洞裡的珀修斯「霍！」地吆喝了一聲，飛了上來！

「這點深度的洞穴——」

「鏗！」的聲響在珀修斯說到一半時響起。他的頭上冒出一塊磚，讓跳起來的他氣勢十足地一頭撞了上去！

「～～～！」

雖然從洞裡回來了，卻因為頭部用力撞上出現在上方的磚塊，珀修斯從嘴裡發出不成言語的悶哼，當場窩成一團。

孔明自豪地表示。

「如何啊？這就是我的神器，『孔與明與陷阱(strategy trap)』。可以在我喜歡的地方張設簡單的陷阱。」

喔喔，還有那種神器啊。

「…………唔！」

少了幾分氣定神閒的珀修斯試圖接近孔明，但不管前進到哪裡都會冒出洞穴或磚塊，受到阻撓。

「哈哈哈哈，珀修斯被耍著玩呢。」

珀修斯對上蘿莉孔明的考試似乎讓曹操相當滿意的樣子。

這樣看來，桃太郎和孔明說不定會及格喔。

話說回來，重點是那個吧。考生裡有沒有長得可愛、武功又高強的女戰士啊？

正當我帶著色心以視線掃過考生的時候，曹操對我說：

「你想和女戰士交手是吧？」

曹操像是讀了我的心似的這麼說！真是的，這些專攻技巧的傢伙是不是光從我的態度就可以知道這些啊。

潔諾薇亞說：

「誰教你身上冒出來的氣焰就是色心大開的感覺。」

『是啊是啊。』

對此，我的女性夥伴們也都異口同聲地點頭稱是。

真的假的！我冒出色狼氣焰了嗎……

曹操說：

「赤龍帝如果願意開特例擔任主考官的話，就這次委託而言感覺也是意義重大。你願意的話，要不要上去試試？」

啊——我以主考官的身分上場，可以證明這次考試的必要性及公開性，這大概也是他們的目的之一吧？

貞德說：

「赤龍帝，我記得筆試及格的人當中有個小可愛喔？對吧，格奧爾克。你知道的啊，那個戴紅色頭巾的。」

格奧爾克一邊推眼鏡一邊說：

「紅色頭巾……喔喔，妳說以『小紅帽』為範本的那個啊，不過，那個人可是——」

貞德打斷了格奧爾克原本要說的話，對我說道：

「沒錯，就是『小紅帽』。我覺得那個人當赤龍帝的對手正好。我強烈建議你和那個人打看看。」

我總覺得她好像話中有話……不過，既然是以「小紅帽」為範本的話，總不可能差到哪裡去吧。

話說回來，「小紅帽」當英雄？還是真的純粹只是造型的範本？這部分我不太清楚……

總之希望是位美少女！

我離開監考官的座位，站到考生們面前。

抱著些許的期待，我說：

「戴紅色頭巾的人在哪裡？由我負責當你的對手。」

我對考生大喊，然後——

「這下有意思了……」

傳來了一個似曾相識的粗獷聲音。

戴著紅頭巾的那個人，頭部以下否定著美少女。粗到不合邏輯的脖子，厚實的胸膛，有如大樹的樹幹般的雙臂，寬度可能超過我的腰圍的大腿……！兩公尺高的巨漢！和老人的表情完全搭不起來的無懈可擊的年輕肉體！

「『小紅帽』……是我。」

隨著這句話登場的是戴著紅色頭巾，變裝成「小紅帽」的瓦斯科．史特拉達大人！

我驚嚇到眼珠都要蹦出來了！

「不不不，騙人的吧！那是大人吧！根本就是大人吧！無論從哪裡怎麼看都是大人吧！這位哪裡是女戰士了，貞德──！」

我對著坐在幹部座位上的貞德抗議！

而貞德只是露出戲謔的笑容。

「哎呀？我可沒有說對手是女生喔？我只有說是小可愛吧？啊，不過，或許應該說是小可愛（大人）吧。」

或、或許她真的沒有提到是女生啦……！……不對，小可愛（大人）是什麼鬼啊──！

話說回來，這不對吧！如果是我戲稱雪猩猩的雪怪，或是小咪露之類的變態也就算了，大人在這種時候參一腳是怎樣！

而且，為了盡量扮成女生，他還化了妝——！手上也拿著提籃！他可是八十多歲的老人家耶！這已經不是勉強可以形容的了吧！

——足以讓大野狼一邊發抖一邊逃跑的驚天動地的「小紅帽」站在我面前！

愛西亞、潔諾薇亞、伊莉娜這三位教會三人組因為教會的重要人物現身而擺出祈禱姿勢……他打扮成「小紅帽」妳們也無所謂喔……

我吞了一口口水，冷靜地問：

「順、順便問一下，你為什麼會在這裡……？」

大人輕聲說道。

「這是我接到的最高機密委託。要我來看英雄派是不是真的在進行測驗。呵呵呵，結果理所當然地是杞人憂天。」

啊，原來如此。和我們一樣啊。由大人變裝混進考生中刺探英雄派的動靜，更能確認安全性是吧。

當過恐怖分子還真辛苦啊。不過，這也表示他們過去的所作所為就是這麼嚴重。

——好了，現在搞清楚大人這邊的情形了……既然我們在做一樣的工作，真希望他可以當作目前這個狀況沒發生過。

我一點一點往後退。

「大人……不對，『小紅帽』的對手，還是由貞德擔任比較好吧？」

我這麼說，但「小紅帽」本人在嘴角刻出深深的笑意，並且說道：

「不不，我希望可以和赤龍帝先生交手～」

你用那種粗獷的聲音刻意裝可愛說那種話也沒用啦！

我一心只想避開這個狀況，但「小紅帽」卻鼓起肌肉，在服裝上到處爆出裂痕，同時對著我舉起拳頭！

「赤龍帝先生、赤龍帝先生～大野狼好可怕～拜託教我幾招打倒大野狼～」

「會讓你覺得可怕的大野狼應該是芬里爾等級了吧！我不要——！我不想和這種『小紅帽』對打啦——！」

儘管有點想逃，我還是一邊流淚一邊下定決心，穿上鎧甲，當起「小紅帽」的術科考試對手——

過了一陣子，考試的結果傳到了我們「兵藤一誠眷屬事務所」來。

包括桃太郎和蘿莉孔明在內的幾個人都及格了。

至於「小紅帽」……這個嘛，及格是及格了，但他好像婉拒了。應該說，現在回想起來，既然史特拉達大人通過了筆試，就表示他有可能知道「胸部龍之歌」的歌詞嘍……

「依照大人的個性，或許連一誠和木場的那本薄本都知道呢。」

潔諾薇亞還這麼說！

……拜託千萬不要！應該說，我想趕快阻止那本薄本再版！

蕾維兒向我報告。

「一誠先生，英雄派又有案子想委託我們，說是希望我們可以陪他們去尋找世界各處的童話的起源……」

童話的起源！浮現在我腦海中的是白雪公主和灰姑娘……但都是大人扮的！我滿心只有不好的預感！

「……告訴他們下次有機會再說！」

之後，出現在童話故事裡面的女生在我的腦海裡都會變成史特拉達大人，這樣的現象持續了好一段時間——

Infinity Underwear.1

某個假日──

在地上有六樓地下有三樓的兵藤家的樓頂，我兵藤一誠正在放鬆身心。

樓頂擺著任何人都能隨意使用的桌椅，我就在這裡孤獨地喝著可樂，望著天空發呆。

身為兵藤一誠眷屬的「國王」；身為反恐小隊「D×D」的一員；身為「胸部龍」，我每天都過著繁忙的日子，有時也會無法自拔地想要獨處。

向莉雅絲還有其他女生撒嬌固然也是一種美好的紓壓方式，不過最近我也很喜歡一個人邊喝可樂邊仰望天空。一個人窩在房間裡組裝機器人的塑膠模型也是我的最愛。

我正在參加排名遊戲國際大會「阿撒塞勒杯」，也正因為如此，我更想重視這種戰士的休息時刻。

我想，正是因為我身邊有著許多形形色色的人，才會在反作用之下讓我更想要一個人的時間吧。

正當我一邊這麼想，一邊仰望天空時，有一群人來到了樓頂。

——是老媽和奧菲斯和莉莉絲。

老媽拿著洗衣籃，正好和我對上視線。

「哎呀，一誠。你在樓頂休息啊？」

「嗯。偶一為之啦。我有的時候也會想要獨處好嗎？」

「你才高中而已說的這是什麼話啊，真是的。」

老媽一邊哈哈大笑，一邊將洗好的衣服晾到設置在樓頂的曬衣場的曬衣桿上。

奧菲斯和莉莉絲也在幫她。

「來，菲斯、莉絲，接下來是這些。」

「吾，晾內褲。」

「內褲，晾。」

奧菲斯和莉莉絲（踩著踏台）將老媽遞給她們的內褲晾好。

奧菲斯和莉莉絲的內褲啊……

可愛的內褲讓我放鬆心情，不禁露出笑意。

……等等，為什麼我會因為奧菲斯和莉莉絲的內褲而放鬆到笑出來？是不是因為經常看到刺激性的內褲啊？

——這時，一條內褲忽然映入我的眼中。

那是奧菲斯第一次買的內褲。是一條一點都不性感，還有點可愛的黑色內褲。

……對喔，距離買那條內褲已經快要過一年了……

我不經意地開始回想起去年的事——陪奧菲斯去逛街的那個時候的事情。

Life.∞(Infinity)我家龍神大冒險

其一・無限龍神逛街去！

那是發生在冥界的「魔獸騷動」結束之後，無限龍神(Uroboros Dragon)奧菲斯住進兵藤家沒多久的事情。

「你得幫奧菲斯買些生活用品才行。」

看著奧菲斯的生活，老媽對我這麼說。

……老媽這句話說得非常有道理。兩手空空地流落到我家的奧菲斯——沒有任何一樣生活用品。

真的是從衣物到消遣用品都沒有。

不，我當然不覺得最強的龍神大人會因衣服而發愁，或喜歡什麼特別的消遣，但俗話說入境隨俗，既然都住進這個家了，我覺得應該和其他住在這裡的人擁有同樣的東西比較好。

晚上，我請住在兵藤家的成員集合到我的房間，準備問奧菲斯幾個問題。

問題的內容是「既然要在這裡生活，有沒有什麼想要的東西？」還有「之前都是怎樣生活的？」這兩個可以一口氣問出奧菲斯的狀況的問題。

首先是前者。

莉雅絲代表大家問了。

「奧菲斯，妳現在有什麼想要的東西嗎？」

奧菲斯面無表情，歪著頭隨口表示。

「偉大之紅的首級。」

危險到了極點！而且想也不想就給了這樣的答案！

沒錯，奧菲斯的故鄉次元夾縫被偉大之紅占據了才讓她回不了家，這大概是她最大的煩惱沒錯！

但在這裡生活用不著偉大之紅的首級吧！

「……我們不是『禍之團』，所以不會參與那種危險的事情喔。」

我一邊嘆氣一邊這麼說……這樣啊，她之前都像這樣輕描淡寫地拜託那些傢伙是吧。然後那些傢伙就以此為藉口，從奧菲斯身上得到了許多的力量。

朱乃學姊輕笑了一下，仍不忘改問後者——也就是「之前都是怎樣生活的？」。

「奧菲斯……這樣叫妳可以嗎？妳之前過的是怎樣的生活啊？」

聽朱乃學姊這麼問，奧菲斯默默地左右搖頭晃腦了一下，似乎是在思考。動作可愛極了。讓人一點也不覺得這就是最強的無敵龍神。

「坐在椅子上。待在房間裡。說出心願。給予蛇。就這樣。」

……奧菲斯只說了這幾句簡短的回答，就讓房間陷入難以言喻的氛圍。看來她的生活比我們想像中的還要寂寞。

奧菲斯像是想起了什麼似的開口補充。

「還有一件事——瓦利，陪我聊天。」

——

……瓦利那傢伙也很關心她吧。那個傢伙雖然是個無可救藥的戰鬥狂，但我總是不禁覺得他也是個會在奇怪的地方用心的傢伙。

話說回來，這些回答也無法作為生活用品的參考。應該說，我們想得到的東西她應該全部都需要吧？

總之也只能到百貨公司去，想到什麼生活必需品就先買回來再說了。

正當我這麼想的時候，伊莉娜一臉凝重地說：

「不好意思～有一件事情令我非常在意。應該說不先把這件事情問清楚的話，就算要買生活用品也不知道該怎麼挑東西。」

她這麼說。喔喔，令她非常在意的事情？是什麼啊？

成了眾所矚目的焦點的伊莉娜清了清喉嚨，鄭重其事地問奧菲斯。

「奧菲斯——應該是女孩子沒錯吧？」

——

啊——原來如此！對喔，確實有這麼一回事。伊莉娜在意的——是這個傢伙的性別。

外表看起來是女孩子。而且是穿著黑色哥德蘿莉服的女孩子。可是，根據阿撒塞勒老師表示，奧菲斯在上個世代的外貌是老爺爺。

是老頭子耶？從這個可愛的外表根本無從想像……而且還聽說在更早以前又有不同的外貌呢。

沒錯，這傢伙能隨意改變人類型態的外貌。老師說，現在雖然是人類女孩，但這位龍神並沒有性別的概念。

由於沒有性別，才讓伊莉娜更加在意這件事吧。

——真的可以把現在的奧菲斯當成小女孩來看待嗎？

根據她的回答，在購買生活用品的時候必須買的東西也會不一樣。女生需要的東西遠比男生多上許多。

這個部分果然還是女生才會想到。我就完全沒發現這個問題。我本來還想說買些足以生活的東西就了事了呢。

對喔，光是內褲，該買的東西就不同了。

在所有人的視線都集中到奧菲斯身上的狀況下，她說了眾所矚目的一句話。

「吾，不懂。」

來、來這招啊……也、也對，這傢伙感覺對性別就不太執著。聽說她在變成現在這個樣子的時候也沒有多想。

好了，男生用、女生用，我們應該買哪一種生活用品呢？還是乾脆決定以中性的方式來對待她比較好呢？

正當我百思不得其解時聽到了一個好問題。

「那麼，妳現在穿的是哪一種內褲？用這個來決定要買什麼不是比較快嗎？」

潔諾薇亞這麼說。

這個判斷方式夠豪邁。該說是很有這傢伙的風格吧……不過，奧菲斯的外貌姑且是女孩子，讓她穿男生的內褲好嗎……我希望在這種地方可以有些遐想啊！

不，女生穿男用內褲這種偏激派的照顧方式或許也不是不可行啦！

奧菲斯當場站了起來。

「吾，沒有內褲。」

她一邊這麼說，一邊準備掀起裙子——！

「住手，停下來！」

莉雅絲立刻制止了奧菲斯！判斷得夠及時！可、可是，我又覺得好像有點可惜……！

「……你是不是在想色色的事情？」

「是這樣嗎？就連龍神都以有色眼光來看待的話真的有點不行喔，一誠先生！」

小貓冷眼低語，蕾維兒也如此叮囑！

「對不起！男人的天性就是這麼悲哀，我忍不住惋惜了一下！因為下面沒穿的女生太有魅力了！」

我大方坦承心中的想法！思想如此好色我很抱歉！

「一誠先生！我、我隨時都可以脫喔！」

「喔喔，包在我身上。內褲是吧？既然是為了一誠，我也脫吧。」

愛西亞害羞地打算脫下內褲，而潔諾薇亞也跟著毫不猶豫地準備把家居褲拉下來！

妳們兩個——！不可以啊，好的不學學壞的！

「咦！依照這個發展我是不是也得脫啊！」

看兩個閨密突然這麼做讓伊莉娜困惑不已！她的羽翼已經開始忽黑忽白，面臨著墮天的危機！這就證明了她正在認真考慮要不要脫吧！

妳們在我的房間裡做什麼啊，教會三人組——！

「我可不會脫喔。」

我想也是啦，羅絲薇瑟！

看著剛才的互動，朱乃學姊忍不住輕輕笑了出來，莉雅絲則是嘆了口氣。

莉雅絲聳了聳肩之後說：

「既然都要住在一起了，如果身為這個家的男性代表又是長男的一誠以奧菲斯的行動認定她是女孩子的話，把她當成女生來看待就不成問題了。那麼，要買的東西也決定是女孩子的生活用品了。」

所有人都贊成莉雅絲的意見。當然，也沒有理由反對。雖然性別不明，但外表是美少女，現在的奧菲斯任誰來看都會覺得是女生吧。

「下次放假的時候，我們就去買奧菲斯的生活必需品吧。應該也不需要一群人浩浩蕩蕩地去，所以就由我和一誠陪奧菲斯去吧。可以吧，一誠？」

「遵命！」

對於莉雅絲的提議，我如此秒答！我沒有任何理由拒絕她的邀約啊！

「委由吉蒙里家的僕人買齊生活用品固然也行，不過既然要住在這個城鎮，讓她多多少少親身體會一下人類世界的事物，增長見聞比較好。就這層意義而言，我覺得逛街會是個好經驗。不懂的地方由我們協助她就是了。」

莉雅絲如此表示。

嗯、嗯，不諳世事的龍神由我們負責協助就好了！應該說，總不能讓她因為不諳世事而給身邊的人添麻煩吧。

如此這般，下一個假日，我和莉雅絲就要去買奧菲斯的生活用品了。

○●○

逛街當天的正午時分——

我和莉雅絲帶著奧菲斯來到的地方是——我們常去的百貨公司。

挑高的玻璃天井中庭。橫向延長的建築物內部融合了百貨公司及購物中心的複合商業設施，進駐著多樣化的各類型商店。

或許因為是假日吧，百貨公司裡面人潮洶湧。

沒錯，這裡就是對抗西迪之戰的遊戲領域參考的那間百貨公司。

大概是看什麼都覺得稀奇吧，儘管奧菲斯面無表情，卻東張西望地看向百貨公司內的各個角落。

這間百貨公司我在放學路上也會來，假日也經常和愛西亞她們一起來，也和莉雅絲來這裡逛街過好幾次。

逛完之後大家一起去美食街，一邊大啖章魚燒之類的東西一邊休息也很開心。我覺得有我們這種會來百貨公司逛街還在美食街歇腳的惡魔也很可以！

百貨公司對惡魔的生活也是一種滋潤！

「好了，首先是家具。先從寢具開始挑起吧。」

一馬當先的莉雅絲昂首闊步地朝著家具店走去。

我牽著奧菲斯的手緊追在後。要是沒牽著奧菲斯的手，感覺她一轉眼就會走丟。

我們在家具店將床組和寢具大致上都看過了一遍。

我們也讓奧菲斯試躺，教她確認睡起來的感覺如何還有大小。不過，這傢伙的感想全都是「不差」，所以就依照莉雅絲的判斷一一買齊。

就連看起來價格不低的東西，莉雅絲也是豪邁地刷卡買下。

……不、不過，公主殿下買東西的時候，無論是多麼昂貴的東西都是靠一張紅卡搞定。

聽說那是沒有額度限制的特別版卡片……

不知道莉雅絲的存款到底有多少喔……？想要推知公主殿下的存摺裡面有多少大概只是白費工夫吧。一定是對我而言等同於無限的金額吧，肯定沒錯。

在成為吉蒙里眷屬後，我也多了一本新的存摺。

據說根據吉蒙里眷屬的規則，成為惡魔之後就會自動開一個這樣的帳戶。我不知道其他上級惡魔在這方面是怎麼處理的，但吉蒙里家會確實幫我們和金融機構簽約。從事惡魔的工作後得到的薪水都會存進去那裡面。

一開始進帳的金額都還差不多是高中生打工賺到的水準，但是在某一天後進帳的金額就多了好幾個位數，害我不敢相信自己的眼睛。因為，無論怎麼看都覺得零的個數很奇怪！

我問葛瑞菲雅是不是搞錯了。

「那是匯到一誠先生手上的『胸部龍』的版權費之類的喔。」

結果得到了這樣的回應！

沒錯，多了好幾個位數的進帳——是和胸部龍有關的錢！每次胸部龍有什麼周邊商品上市，就會有規模大到不可理喻的金額匯進我的帳戶！

餘額的數字大到會讓我頭暈，讓我進入腦子裡都是問號的混亂狀態，到頭來還是葛瑞菲雅說「尚未成熟又還是高中生的惡魔要經手鉅款還太早」，幫我管理我的帳戶。

……即使我再怎麼笨也知道那麼多錢會麻痺我的感覺。負責管理、統籌吉蒙里家的每個人的行程的葛瑞菲雅每次都讓我佩服不已。

「……兄嫂大人限制了今天買東西的金額。要是用得太瀟灑之後應該會被罵吧。」

莉雅絲喃喃地說道。

啊，今天的購物預算已經事先決定好了啊。而且決定金額的還是葛瑞菲雅。

看她買得那麼豪爽，我還以為要備齊所有東西並無限制，原來這部分還是有上限的啊。

就連買奧菲斯的生活用品的錢都在她的管理之下，葛瑞菲雅真是太厲害了。

連小姑的錢包和小姑的眷屬的財產都能夠妥善管理的超級女僕‧葛瑞菲雅！

對我們而言她是不能忤逆的人……對瑟傑克斯陛下也是吧。

我們順利買完全套家具，貨品改天才會送貨到府。在我們離開家具店，準備前往下一間店的時候──

『限時大特賣！袋子任妳塞！無論塞多少都算一袋五千圓！五千圓喔！請注意，一人限一袋！袋子破了就不算數，請小心！』

以擴音器如此提醒的店員的聲音傳了過來。仔細一看，服飾店的限時大特賣專區圍著人牆，殺氣騰騰的女士們目露凶光，將衣服塞進袋子裡。

「放手！那件衣服是我先拿到的！」

「不！是我先！」

像這樣充滿鬥志的吶喊聲都傳到這邊來了。特賣專區的各個地方都發生了爭奪衣服的激烈拉扯。

……好可怕！像這樣血拼的時候就會讓女人化為野獸，發揮出平常不會施展的力量和殺氣呢！

「那是我先拿到的！絕不讓步！我之前都是為了今天這一天而活，絕對不認輸！」

……一個熟悉的聲音傳入我的耳中。

「哎呀，是羅絲薇瑟呢。她抱著一整堆的特賣品。」

莉雅絲看著服飾店這麼說。

果然沒錯嗎！確實正如莉雅絲所說，一名銀髮美女混在婆婆媽媽們中大肆搜刮特賣品的衣服！

掛在她臉上的是至今未曾見過的，認真又嚴肅的表情！我在排名遊戲當中也沒見過那麼迫切的表情啊，那個人是怎樣！

這樣的羅絲薇瑟，以我的眼睛也無法捕捉的手技從特賣專區出抽一件休閒服！好快！那甚至已經凌駕木場的劍速了吧！

羅絲薇瑟將那件衣服迅速塞進袋子，在確保完成的那瞬間便露出笑容滿面的可愛表情。

「……今天真是最棒的一天了！」

真的假的！就因為一件特賣品休閒服嗎！

妳的幸福未免也太廉價了吧！不，幸福隨著每個人的價值觀而定，要多少種就有多少種，不能隨便鄙視……但就算是這樣，妳一個銀髮美女因為搶到限時大特賣的休閒服就說

「今天是最棒的一天」不太好吧！

羅絲薇瑟真的是個缺憾美女呢。明明五官美到不行身材也很好，卻不太在化妝品之類的東西上花錢，在家裡也都是穿樸素的休閒服。生活用品大部分都是百圓商店的東西，服飾類也是限時大特賣買來的。

她在家裡時好像會把多出來的零錢放進百圓商店買來的存錢筒裡，還說每天搖一搖確認存了多少是她一天最大的樂趣。

說出來有人會信嗎？那個人過著像主婦一樣的省錢生活，但是年紀卻和我們差不了多少喔……？

這完全不是壞事，而且她好歹也是個美女，至少稍微弄一點可以突顯自己美貌的東西來嘛！把錢花在那上面嘛！

就連我一個高中男生都這樣覺得！

「兄嫂大人誇讚羅絲薇瑟是個懂得自我管理的優秀女人。」

莉雅絲這麼說。

葛瑞菲雅說過那種話啊？……這麼說來，雖然不知道該怎麼解釋，但我總覺得葛瑞菲雅和羅絲薇瑟的個性或許有點像。像是做事細膩還有處世冷靜等等。

只是，她們還是有決定性的不同，葛瑞菲雅完美至極，羅絲薇瑟就有點缺憾。我覺得唯有這一點無論如何都無法改變。

葛瑞菲雅才不會在限時大特賣上大戰婆婆媽媽！

不過，我覺得羅絲薇瑟也很有羅絲薇瑟的特色，很不錯。

「她還在搜刮特賣品，現在去吵她好像不太對，我們先走吧。」

我對莉雅絲這麼說，然後我們便帶著奧菲斯再次開始移動到其他店家去。

總之，妳好好加油喔，羅絲薇瑟。

在我們準備走進小物雜貨舖時，一道光景吸引了我的目光。

「那位太太！接下來我要用這把特製菜刀輕鬆切開硬梆梆的南瓜，走過路過千萬不要錯過喔！」

婆婆媽媽們聚集在樓層的一角。我好奇地探頭看了一下，看來似乎是商品的現場示範。

一個穿著圍裙看似型男的人得意洋洋地展示著菜刀——等等！

看見那名穿著圍裙的男子，我驚訝到眼珠子都快要蹦出來了！

「來，那對姊妹的姊姊請注意！哎呀，原來那位是媽媽啊！也太年輕了吧！我一心以為是姊姊和妹妹呢！」

「討厭啦～阿撒塞勒先生真是的！每次都對我這樣說！」

是在對中年婦女灌迷湯的阿撒塞勒老師——！

這個人放假的時候在百貨公司搞、搞什麼飛機啊！在驚訝不已的我和莉雅絲面前，老師靈活地挪動菜刀，輕鬆將看起來很堅硬的南瓜切成一片一片。

「如何啊，各位太太！這就是我的傳家寶刀，閃光與暗黑之龍絕劍(blazer shining or darkness blade)——菜刀型！」

那把菜刀的名稱雖然很誇張，但相當鋒利！

話說回來，我從菜刀上面隱約可以感覺到異樣的氣息……不對，我記得好像在那裡聽過那個名稱！

「那把菜刀，是之前阿撒塞勒說他研究出成果的人工神器對吧。」

莉雅絲這麼說！

她說的沒錯！不久之前三大勢力舉辦了聯合運動會，在那時大放異彩的就是那把老師特製的黑歷史武器！

聽說那是他還在天界時的妄想，還寫成了資料。根據米迦勒先生的說法，那是老師的所謂「我想出來的最強神器！」的樣子！

現在那個「我想出來的最強神器！」做成了菜刀型，還拿出來現場示範叫大家買嗎！

把切好的南瓜秀給太太們看之後，老師繼續切紙張和木製砧板，最後甚至拿出金屬隨手削切了起來。

「各位看看有多鋒利！連木頭和金屬都切得動！而且這樣隨便亂切，刀刃也沒有任何缺角！那位太太！這把菜刀很棒喔！最厲害的是，連惡靈和老公的小三都可以輕鬆切得一乾二淨！從解決家庭問題到除靈，任何大小事情都可以用這一把搞定！」

「討厭啦！你就愛開玩笑！」

「不然我買一把好了！」

他像這樣對著不知道哪家的太太油嘴滑舌，不過說詞大概是真的吧！那把菜刀應該可以輕鬆消滅惡靈！因為那把菜刀散發出來的氣焰貨真價實！

這位壞蛋老師竟然在賣這種東西！應該說，你好歹原本也是墮天使的總督，做些更有威嚴一點的事情好嗎！不過，事到如今說這種話也太遲了！

莉雅絲在傻眼之餘一邊嘆氣一邊喃喃自語。

「他大概是打算用那種方式回收他擅自用掉的神子監視者的資金吧……不過，將人工神器之類的東西傾銷給普通人這種做法太超過了。雖然阿撒塞勒辦事牢靠，應該是製作成對人類不太會造成影響的版本……不過還是無法置之不理。」

莉雅絲拿出手機，開始和別人對話。

通話結束後，莉雅絲對我微笑。

「我已經請人轉告歐穆赫撒總督了。不愧是新體制的神子監視者，說了馬上就有反應。他們應該會立刻逮住阿撒塞勒吧。」

原來！她通報神子監視者了是吧！代替辭職的老師成為新總督的歇穆赫撒先生……他才剛就任總督就得接到這樣的報告，反而讓我覺得對他不太好意思。他要操心的事情想必沒完沒了吧……

「來來來，今天購買這把菜刀的話，還額外附送這項商品！不要嚇到了！就是這個灼熱與凍結之龍滅鍋（disaster of burning or freeze pot）！無論怎麼燉煮都不會燒焦、沾鍋，是最棒最硬的鍋子——」

沒有多加理會繼續嚼舌根的老師，我和莉雅絲離開了現場。再說，要是被他看到我們帶奧菲斯出來逛街，他應該會有話想說。還是在他發現我們之前先避開吧。

後來，我們就沒有在百貨公司裡面看見老師了，恐怕是被神子監視者的相關人員逮住了吧……

應該說，雖然說了也是白搭，不過教師禁止從事副業的好嗎！

在小物雜貨舖買完生活小物，我、莉雅絲和奧菲斯離開店裡時正好撞見木場和加斯帕。

「社長、一誠同學。你們帶奧菲斯出來逛街嗎？」

「是啊，祐斗，你們也來逛街？」

莉雅絲這麼問，木場便將袋子裡的東西給我們看——購物袋裡面是食品。

「是的，我今天想從下午開始和加斯帕一起煮飯。」

木場帶著爽朗的笑容這麼說。

這是什麼型男的假日啊！來百貨公司買食材，然後大白天就開始在家裡煮飯！木場和加斯帕在兵藤家附近的公寓一起生活。聽說煮飯完全是木場在負責……我曾經吃過一次這傢伙親手做的料理，廚藝相當了得。而且大概是因為他會一點時髦的義大利菜吧，就連擺盤都十分美觀！

會做菜的型男根本無敵了吧！女生的胃被抓住後肯定會被攻陷！

如果熱愛木場的副會長真羅學姊能吃到這個傢伙煮的菜，可能會開心到瘋掉。

「加斯帕買了什麼？」

我指著加斯帕抱在手上的袋子這麼問。

「是、是電腦的零件～」

啊～原來如此。加斯帕非常擅長處理電腦。因為他都是透過電腦和人類締結契約，賺取代價。他的業績甚至還在我們之上，是吉蒙里眷屬寶貴的頭號業務員。

木場明明就是個型男，我覺得放假的時候應該跟女朋友去約會比較適合他吧……但是這傢伙藉口一堆，就是不肯交女朋友，浪費他那張難得的帥臉！

即使我這樣覺得也無濟於事就是了。

正當我想著這些的時候，有個女生向我們搭話。

「這不是莉雅絲同學和兵藤一誠嗎？」

是個戴眼鏡的美女——學生會副會長真羅椿姬學姊。

居然會在這種地方真的碰上真羅學姊！今天出現在百貨公司的熟人們不會太多了嗎！

「你們來逛街啊——」

——像這樣友善地對我們搭話的真羅學姊似乎是現在才發現木場。看來她在發現我和莉雅絲時並沒有看見木場，現在一副突然被嚇到的樣子。她大概沒想到連木場也在吧。

真羅學姊的表情和身體瞬間定格！她維持著向我和莉雅絲搭話的狀態，嘴巴張得大大的沒有合起來。

因為真羅學姊喜歡木場，在我看來也覺得她每個反應都很有趣。

木場對真羅學姊微微一笑。

「午安，真羅學姊。妳來逛街嗎？」

「是、是啊，我來買新的書架……木、木場也來逛街啊？」

「是的，不過我們的東西已經買完了。」

「是食材呢，你、你要做菜嗎？」

「是啊，我打算從下午開始和加斯帕一起做菜。」

「……原、原來你還會做菜……太了不起了。你、你是日本男兒的典範！」

「？多、多謝誇獎。」

言行略顯混亂的真羅學姊與不知該作何反應的木場這樣的畫面在眼前展開。

看著這個場景不禁莞爾的莉雅絲乾咳了一下，對木場說。

「祐斗，你陪椿姬逛街吧。既然要買書架，人手多一點總是比較好吧。」

莉雅絲如此提議。喔喔，這該不會是？

「可、可是，莉雅絲同學！妳、妳不需要那樣顧慮我……！」

滿臉通紅的真羅學姊慌張不已。大概是察覺到莉雅絲話中的真意，她顯得非常驚慌失措。太可愛了吧，這個副會長！平常明明冷靜到教人害怕！

莉雅絲知道真羅學姊的心意也是理所當然的。因為莉雅絲和會長是閨密。莉雅絲好像偶爾會窩在我們家的空房間，和蒼那會長天南地北地聊個沒完。

聽了莉雅絲的提議，木場點頭接受。

「我知道了，社長。真羅學姊，妳不嫌棄的話，我願意陪妳逛街。」

「…………！嗚、嗚妞……！」

她都叫出「嗚妞」這種聲音來了，這個副會長！

面對木場的紳士風度，就連真羅學姊也禁不住被擊倒了。在對真羅學姊露出笑容的瞬間，他釋放出幾乎能夠對女性一擊必殺的型男閃亮亮氣焰，就連身為男人的我也看得出來！

真羅學姊滿臉通紅到都冒出蒸氣來，似乎連該如何回話都不知道了。

「加斯帕，他們兩位拜託你了。」

「好、好的，雖然不太清楚是怎麼回事，不過我知道了，社長！」

加斯帕也回應了莉雅絲的吩咐。兩人獨處的話真羅學姊大概是會撐不住，所以加斯帕的存在對於怕羞的真羅學姊而言應該可以成為緩衝吧。

「走吧，我們去家具店。」

木場當起了真羅學姊的護花使者。那種充滿騎士風範的舉止還稱不上是關係親密的行動——不過真羅學姊看起來是打從心底感到開心，所以我想今天大概這樣就好了吧。

目送著消失在人海當中的三人，莉雅絲在我身旁輕聲說道：

「我想支持椿姬。我覺得，她和祐斗還挺登對的。」

木場配真羅學姊是吧。雖然我完全不知道今後會如何發展，但我覺得木場應該正式交個女朋友才會比較穩定。

那傢伙雖然總是一臉笑瞇瞇地看起來很冷靜，但偶爾會散發出研磨到極為鋒利的危險氣息，看了就令人害怕。從他衝動起來的表現看來，說到沉睡於內心的熱意，在眷屬當中他大概也是第一名吧。

……不對，為什麼我要這麼認真煩惱型男的問題啊！這八成是多管閒事，我又不是吃錯藥了幹嘛擔心那傢伙啊！

唔嗯嗯！幫木場加油的時候我決定心意到了就好！倒是真羅學姊那邊，我要加油到讓人覺得我太超過！總覺得好像很矛盾，不過這樣就對了！

像這樣和木場他們分開之後，我們走向下一間店。

途中，我們經過樂器行前面的時候，一位似曾相識的高大男子——以及蕾維兒和小貓的身影映入我的眼中。

對方似乎也看見了我們，向我們搭話。

「莉雅絲和……兵藤一誠啊。」

「萊薩！你到人類世界來了啊？」

莉雅絲驚訝地說！我也嚇了一跳！因為和蕾維兒、小貓一起出現在樂器行的高大男子是萊薩．菲尼克斯！

唔哇，沒想到他會來這間百貨公司！應該說，我就連他會來人類世界都無法想像！這間百貨公司今天是怎麼了！

萊薩一臉被抓包的樣子，伸出手指搔了搔臉頰。

「啊——有點無聊的小事要辦。」

「他是因為擔心我才來這邊玩的。」

蕾維兒咯咯輕笑。一旁的小貓則是喃喃表示「我是陪客」。

萊薩真是的，擔心妹妹擔心得跑到這邊來了啊。然後，既然都來到人類世界了，就順便也晃到百貨公司來了是吧？沒想到，萊薩這個人其實挺有哥哥樣子的嘛。也是因為這樣，蕾維兒在抱怨萊薩之餘還是挺尊敬他的。

小貓是陪他們兩兄妹來的啊。說來說去，小貓和蕾維兒的感情還是挺好的。在不久之前我搞到生死不明的事件當中，她們倆的距離好像一下子拉近了不少。基於失去我的喪失感讓她們倆互相激勵彼此。

那件事情總讓我覺得很過意不去，不過既然能讓她們兩個變成好朋友，就結果而言也還不錯吧？

「要說是約會……看起來也不太像嘛，你們兩個……還有，那位小姑娘是？」

如此表示的萊薩的視線……落在我的身旁。站在這個位置的是被我牽著手的奧菲斯。

啊，對喔。萊薩對於奧菲斯的事情一無所知，以立場而言也不能知道。

好了，該怎麼蒙混過去呢。萊薩這個水準的惡魔從存在感和氛圍、氣焰就已經察覺到奧菲斯不是人類了吧。

莉雅絲的新眷屬！又不能這樣介紹。莉雅絲的棋子已經全部用完了！

正當我苦思該如何應對的時候，小貓突然喃喃表示：

「……是社長和一誠學長的小孩。」

這、這個藉口有點說不過去喔，小貓！以奧菲斯的外表而言，要說是我們的小孩已經太大了吧！

我覺得這個說明再怎樣都太不合理了……然而首當其衝的萊薩聽了之後……

「…………………」

變得面無表情，全身呈現僵硬狀態。

感到疑惑的蕾維兒一邊問「兄長大人？兄長大人，你怎麼了？」一邊盯著他的臉看。她在萊薩面前揮了揮手，還是得不到任何反應——

隔了一拍之後，萊瑟的嘴角開始抽搐，隨即嚎啕大哭了起來！

「……可惡！莉雅絲終究還是破處了————！」

他暴怒了！總覺得他全身上下還開始冒出火焰來！這裡有很多一般民眾，不可以在這種地方打起超次元戰鬥啊！

應該說，無論怎麼想都一定是在騙他吧！最好是可以這麼快就生出小孩來啦！

「兄長大人！小貓同學在跟你開玩笑！真是的！莉雅絲大人和一誠先生之間怎麼可能突然蹦出那麼大的小孩啊！請你振作一點！應該說，還有別人在看不要說那種奇怪的話好嗎，太丟臉了——————！以台詞而言和訂婚派對的時候正好相反了吧——————！」

蕾維兒滿臉通紅地試圖制止生氣到淚流滿面的哥哥，然而萊薩針對我而燃起的鬥志卻不斷地變得更加洶湧！

「呵呵呵，走吧，一誠！我們快逃！」

莉雅絲牽起我的手，準備逃跑！我和奧菲斯也受到她的影響，當場起腳衝刺！

「混帳東西——————！改天再跟我決鬥一次，兵藤一誠！賭上莉雅絲的胸部！」

萊薩在店門口大吼！

「開什麼玩笑啊！莉雅絲的胸部是我的！不過要決鬥的話我隨時奉陪！」

只留下這麼一句話，我就和莉雅絲以及奧菲斯一起逃走了！

其二．龍神與內褲！

我們在美食街吃著輕食。奧菲斯吃了一大堆甜甜圈。經過觀察我發現到一件事，這傢伙雖然什麼都吃，但其中最喜歡吃的還是甜點類的食物。

「吾，甜甜圈、餅乾，喜歡。」

聽說龍神沒有變胖的概念，所以才會隨自己高興大吃甜食吧。應該說，龍神也有肚子餓的感覺嗎？未解之謎還是很多。

好了，該買的東西幾乎都買好了。最後只剩下……奧菲斯的內褲而已！是的，就是女用內褲！

——沒錯，我們要去買小褲褲了！

我們來到女性內衣專區。

……該怎麼說呢，真是感慨萬千啊。我原本還以為自己是和這種地方無緣的男人呢。大家都知道，女性內衣專區這種地方是只有少數有資格的男人才能踏進去的地方對吧？陪女朋友來的男朋友，或是陪老婆來的老公，又或是陪女兒來的父親。

我……算是陪女朋友來的男朋友嗎？我是很想這麼說，但以這個狀況來說應該是陪家人來買東西的男生比較貼切吧。

就算是這樣也無所謂！我終於踏進禁忌的領域了！要說奧菲斯是進入內衣專區的入場兌換券也可以！

……喂喂，這裡擺了一堆大大小小各式各樣的胸罩和內褲啊……！從基本款的白色內衣褲到若隱若現的蕾絲款都有……！

最值得一提的是店裡的氣氛之時尚！燈光照得內衣褲閃閃發亮，即使是陳列商品的架子也充滿設計感，相當搶眼。

啊！那件胸罩……好大！怎麼會大成那樣！準備安頓在那裡面的胸部肯定也是相當可觀無誤！

喔喔，這邊這件小胸罩也很有特色，很不錯啊！

原來如此，胸罩越大，能挑的款式就越少。一般尺寸的胸罩款式比較多變，能夠透過各種方式一決勝負。

排名遊戲也一樣。不是只要有力量就好。招數夠多才比較能隨機應變地與敵人周旋。但是，我偏偏想選擇以力量一決勝負。

——巨乳讚。正因為是巨乳才讚。

國中的時候，光是看見穿著內衣褲的裝飾用假人就讓我興奮不已。現在能夠在近處看見同樣的東西更讓我受不了。這個距離、這個氣氛，這就是只有有資格的人才能夠得到的領域……風景……！

這種世外桃源居然就在這麼近的地方……！

沒錯沒錯，我有資格享受這種幸福！這種幸福最適合由我來享受了！

「……那個人好討厭喔……是陪誰來的啊？」

「感覺也不像是會有女朋友的人……難不成是變態……？」

在我感慨萬千地忍不住點頭時，其他女性顧客以懷疑的眼光看著我……還是不要離開莉雅絲她們好了。雖然這裡是美妙的祕境，但同時對我一個色狼而言也是會一失足成千古身的魔境。

「奧菲斯，妳想要怎樣的款式？」

「吾，不知道。」

「那麼，挑顏色也好。妳喜歡什麼顏色？」

「……黑色。」

「是啊，那個顏色和妳最搭。這套如何？……尺寸好像有點太大了。」

「變大比較好嗎？吾，胸部是空蕩蕩的平原。」

「我知道妳可以隨意改變胸部尺寸，不過以妳這個身高還是現在的大小最自然。」

莉雅絲和奧菲斯拿起內衣褲挑選了起來。莉雅絲照顧著奧菲斯的模樣隱約讓我有種像是姊姊……又像是母親的感覺！這就是所謂的母性吧。我覺得莉雅絲的母性應該很豐富。嗯，所以我才會忍不住對她撒嬌！

當我在心裡如此讚賞時，附近女生的對話傳進我的耳中。

「妳看，愛西亞，這件內褲有多開放。」

「啊嗚嗚！……這件開了一個洞耶，潔諾薇亞同學！」

「嗯，屁股都被看光光了。這幾乎已經排除掉內褲的功能了吧。但妳不覺得這樣才能叫做決勝內褲嗎？對吧，伊莉娜。」

「不、不要問我好嗎！我是基督徒耶！我早就決定內褲都要穿純白的了！」

「咦……可是，我記得，伊莉娜同學上次好像才洗了一件粉紅色、上面還印了熊熊圖樣的內褲……」

「愛西亞同學——！妳怎麼會知道！討厭啦！都被妳看到了！」

「只是熊而已，主不會生氣的啦，伊莉娜。我啊，最近都開始試著穿一些若隱若現的款式呢。」

「呀，潔諾薇亞真是的！妳想挑戰小惡魔路線啊！」

「呵呵呵，我也是惡魔嘛。愛西亞，我要搶先一步了。然後，我也要把這件屁股被看光的開洞內褲買下來，在這場和一誠生小孩的戰爭當中獲得勝利。」

「啊嗚嗚嗚！怎、怎麼會這樣！為了和一誠先生變得更加、更加親密，就必須穿上這、這件內褲嗎……！不對，只要穿上了這個，或許我能夠更接近莉雅絲姊姊也說不定！我、我也要買！」

「咦咦咦咦咦！潔諾薇亞……還有愛西亞同學也要買那款內褲嗎！應該說，事情的發展怎麼又變成這種感覺了！啊啊啊啊啊、主啊，還有米迦勒大人啊，我到底該如何是好呢！買下這條屁股見光的內褲能夠更加增進我的信仰心嗎！」

——總之就像這樣，潔諾薇亞、愛西亞、伊莉娜她們教會三人組在屁股見光的內褲前面有的下定決心，有的煩惱不已。

……她們三個也到這間百貨公司來逛街啦。而且哪裡不挑，偏偏出現在內衣專區……

「……妳們幾個在搞什麼啊……」

我半閉著眼睛，一邊嘆氣一邊這麼說，她們三個便轉過頭來，一臉驚訝的樣子。

然而，潔諾薇亞立刻轉換了心情，認真地問我。

「你來得正好，一誠。這三個人當中感覺最適合這件開洞內褲的女人是誰？你的意見才是最正確的答案！」

哪有人突然就問那種問題的啊！

「…………」

「…………」

啊啊，愛西亞和伊莉娜也帶著認真的表情等著我的答案！

是怎樣啊，夠了喔！為什麼我得在內衣專區被她們三個問誰比較適合穿屁股見光的內褲這種問題啊！看吧看吧，其他客人都用異樣的眼神看著我們！

我該怎麼回答才對？她們三個的表情都有夠認真。嗯～但就算是這樣……

算了。總之，先隨便帶過好了。

「呃，不然，伊莉娜之類的？」

就在我這麼說的瞬間。伊莉娜變得滿臉通紅，開始扭動身體。

「……在、在這種地方墮天的話後果不堪設想，妳要撐住啊，伊莉娜……！可是可是，一誠說最適合的是我……！怎麼辦怎麼辦！嗚噫噫噫噫，我快要墮天了！」

她抱著頭，看來拚命在和什麼東西奮戰的樣子……要、要是在這種地方展開羽翼可就大事不妙了吧……

「我買了！我要買這件！」

伊莉娜拿起眼前的內褲衝向收銀台！

「慢著，伊莉娜！那是我的！」

「不，我要買！」

潔諾薇亞和愛西亞從後面追上去。

……她們三個總是那麼嗨呢。不過感情很好當然是好事一樁。

看著她們三個的模樣不禁揚起嘴角的我將視線移到別的地方時，看見了稀奇的光景。

「妳要買那麼浮誇的內衣褲嗎，朱乃？」

「是啊，蒼那。這種的最能讓一誠高興。」

是蒼那會長——和朱乃學姊的組合！

沒想到她們和教會三人組一樣出現在內衣專區……今天的百貨公司也太多惡魔了吧！大家都太喜歡這間百貨公司了吧！是不是假日沒別的地方去了啊！

應該說，這兩個人的組合也太罕見了！雖然我知道她們兩位私底下也是朋友關係。

但是，少了莉雅絲，只有她們兩個在逛街的場面對我而言非常稀奇！對喔，莉雅絲今天來陪奧菲斯逛街，所以朱乃學姊才和會長兩個人一起出門吧。

……總覺得她們倆的對話讓我非常好奇。只有她們兩個的時候，朱乃學姊和蒼那會長不知道都聊些什麼。

我小心翼翼地靠近過去，豎耳傾聽。

「蒼那不買這種內衣褲嗎？」

「是啊，我穿普通的就夠了。雖然偶爾也會買有圖案的款式，不過我不會穿像朱乃和莉雅絲那種若隱若現，或是形狀細得很極端的款式。」

喔喔，不愧是一本正經的會長大人。就連內衣褲也是正經到不行！

朱乃學姊露出微笑。

「哎呀哎呀，光是有沒有對象會看，購買意願就會不一樣了喔？」

「內衣褲這種東西只要能夠發揮功用就好……不過，考慮到萬一被看見的情況，為了避免丟臉也必須要有最低限度的品味就是了……」

「沒錯沒錯，要是被意中人看見的時候，讓對方留下不好的感想妳也不願意吧？女人在挑選內衣褲時必須抱持著任何時候被看到都沒關係的覺悟才行喔。」

「……我覺得妳說的也有道理。可是──」

「哎呀，這個不錯嘛。」

朱乃學姊拿在手上的……是一件布料面積少到了極限，或者說是已經完全放棄原本功能的內褲！

太驚人了──！那件內褲是怎樣啊！屁、屁股應該完全遮不住吧！應該說，那個形狀就連有沒有辦法好好遮住重要部位都很可疑！

拿起那件內褲的朱乃學姊顯得興致勃勃，她身旁的蒼那會長則是稍微紅了臉。

「朱、朱乃。再怎麼說那也……已經不算是內褲了吧。」

「呵呵呵，當然是內褲。感覺他應該會喜歡這種的，趁莉雅絲不在的時候，穿這個來賭一把大的，應該可以一口氣炒熱氣氛吧。」

「……在家裡穿的話我也不會說什麼，但不可以把那個穿到學校來喔？那個應該會嚴重擾亂風紀。應該說，妳和莉雅絲連上學時穿的內衣褲都很浮誇吧？」

「唉，蒼那真是的。就連過私生活都在當學生會長。呵呵呵，妳真的和妳們家姊姊大人正好相反呢。如果是賽拉芙露陛下，應該會對這種內褲很有興趣吧。」

聽朱乃學姊這麼說，會長突然驚慌失措了起來！

「等、等一下！妳不可以推薦那個給姊姊大人喔！最多只可以穿給兵藤一誠看！」

「呵呵呵，妳也是個沒資格說賽拉芙露陛下的姊控呢。」

「我才不是姊控。我只是在保護姊姊大人罷了。要是我不這麼做的話，姊姊大人可能會被壞男人拐走。」

「蒼那個性正經，卻也很有意思呢。」

「……哼。」

朱乃學姊好像聊得很開心，相較之下會長顯得有點不滿。

她們的對話也太有趣了吧！這樣啊～她們兩個平常在沒有莉雅絲的時候都像這樣聊天啊。讓我看到珍貴的情景了。

對利維坦陛下過度保護成那樣，原來蒼那會長還有這樣的一面啊。我原本還以為只有利維坦陛下對蒼那會長才那麼過度保護呢。看來她們兩姊妹都非常看重彼此，這也是相當稀有的情報呢。

話說回來，朱乃學姊拿的那件怎麼看都只是繩子的內褲！要是她穿那種東西來對我發動攻勢的話……呼呼呼！我肯定會按捺不住吧！內褲設計成那樣的話，那胸罩又會長成怎樣啊！哎呀～妄想都停不下來了！

——這時，幾個人影接近了朱乃學姊和蒼那會長。

是匙——和花戒同學，加上一年級的仁村學妹這樣的組合！會長好像也看到他們了。

「哎呀，這不是匙和桃還有留流子嗎？真巧啊，居然會在這裡遇見你們。」

花戒同學湊到會長身邊表示。

「會長！妳聽我說！留流子居然想叫阿元幫她挑煽情的內衣！這樣怎麼想都太猥褻了！太骯髒了！」

聽她這麼說，雙馬尾的仁村學妹則是撇過臉去表示。

「我只是想聽聽看男生的意見而已。桃學姊才是，妳也請元士郎學長幫妳挑內衣不就好了嗎？」

「妳、妳說的這是什麼話啊！把阿元帶到內衣專區這種地方來，他會變得又笨又好色！要是害他變成野獸的話妳要怎麼負責！」

對於生氣的花戒同學，仁村只是氣定神閒地笑著。

「現在都什麼時代了，高中男生才不會因為區區的內衣褲而變成野獸呢。」

——非常抱歉，我就非常亢奮！

也不知道我歉疚的心情，匙那個傢伙困惑地對會長說：

「我、我對內衣褲的款式，或是情色之類的一點興趣也沒有，絕無此事！會長，是真的！我之所以和花戒還有仁村在一起，是因為碰巧在百貨公司遇到之後在情勢所趨之下才跑到這裡來！能夠遇見會長是我的榮幸！」

他正在向會長解釋自己為什麼會在內衣專區。

畢竟匙喜歡會長嘛。自然想避免誤會。應該說，花戒和仁村的匙之爭奪戰真是越演越烈了呢……

會長用力推了一下眼鏡之後簡潔地這麼說了。

「匙，男生不應該隨便來女性的內衣專區。還有──情色方面的事情應該適可而止。」

「會、會長……真的不是啊……」

感覺可以解開誤會卻還是沒成功的匙聽見會長這麼說顯得大受打擊。朱乃學姊見狀則是揚起嘴角露出微笑，咯咯地輕笑了幾聲。

……到現在還是和真正喜歡的人搭不上線的匙元士郎。好遙遠啊。應該說，這感覺機會渺茫吧？要是被他知道會長用名字叫我的話，我大概會被弗栗多力量詛咒吧……

再繼續多聽學生會成員之間的對話好像也不太對，所以我悄悄地離開了現場。

好了，不知道莉雅絲和奧菲斯買東西買的怎樣了，我好奇地回去一看──

只見莉雅絲站在通道上，左顧右盼地環顧店內。看她略顯焦慮的表情，應該是發生什麼事情了吧。

應該說，奧菲斯……不在？

我趕到莉雅絲身邊，她一開口就這麼說。

「奧菲斯不知道跑到哪裡去了！」

……龍神成了走丟的小孩。

事情發生在莉雅絲向店員確認庫存不過十秒左右的時間當中。她說才一下子沒看著奧菲斯，她就不見了。

「我居然會出這種錯……」

莉雅絲顯得相當歉疚。

不，這是我的錯。都怪我因為碰巧出現的愛西亞她們三個人和朱乃學姊以及會長就把注意力放到別的地方去……一定是因為能夠闖進神往已久的內衣專區讓我興奮過了頭。

……如果我一直握著那個傢伙的手，她就不會不見了。

我們叫了在附近的愛西亞她們教會三人組以及朱乃學姊和蒼那會長、匙等人，拜託他們幫我們一起找。

我們把集合地點定在內衣專區前面，所有人在百貨公司裡到處奔馳。

是被別人帶走了嗎？雖然不是沒有這個可能，但真要說的話應該是對什麼東西產生了興趣而追了上去，或是好奇百貨公司裡面的狀況晃啊晃的就離開了我們身邊——這兩者之一的可能性還比較高。

「……好、好吧，她是龍神所以不會碰上什麼悽慘的狀況，但是很有可能把別人害得很淒慘……」

我歪著頭「嗯——」地低吟。我們加強了語氣叮嚀她不准對一般人使用力量，所以應該不至於出這種狀況才對。她的本性很老實，說了她就會聽。

……被其他陣營，或敵對勢力綁架的可能性……也不是完全沒有。

這個城鎮對於三大勢力而言是個特別的地方，所以我不覺得敵對勢力能夠那麼容易混進來，但是事情也沒有絕對……

不行不行。現在想得越多只是越讓自己鑽牛角尖！

總之，我得先把那個傢伙有可能去的地方、可能有興趣的地方全都找過一遍才行！

「店內的空間這麼大，更何況奧菲斯也不見得會一直待在同一個地方，靠雙腳找她也有個極限。我也請使魔幫忙好了。」

莉雅絲也留意不讓一般顧客發現，開始準備派出使魔進行地毯式搜索。就在這時——店內廣播開始傳遍整間百貨公司。

『協尋走失兒童。』

喔喔！這該不會！正當我們希望說不定是奧菲斯的時候，傳進我們耳中的是——

『紅髮大胸部的媽媽。一臉好色的爸爸。胸部大小普通的長金髮姊姊。一臉不聰明、感覺很有臂力的姊姊。自稱天使的姊姊。像鳥一樣的兄妹和像貓一樣的女孩。黑髮大胸部的另一個媽媽。感覺沒什麼福分又窮酸的銀髮姊姊。還有什麼型男加女裝少年加戴眼鏡的小姐……？請問有沒有這種組合的客人？或是附近有沒有符合敘述的客人？您家的小女孩在走失兒童中心等您……啊，主任！不、不好意思！可、可是，是這個孩子說這樣講最能夠立刻讓大家聽懂……啊啊，非常抱歉！請各位當作沒聽到剛才的廣播！』

……是怎樣，剛才的廣播未免也太失禮又脫序了吧！

姑且不管我的感想，紅髮大胸部的媽媽！還有一臉好色的爸爸！

那是在說誰啊！不對，是我們嗎！店裡的客人也看著我們說「應該是他們吧？」「我也覺得」之類的關注了起來

應該說，這樣不就可以肯定奧菲斯那個傢伙在走失兒童中心了嗎！

她說我們是爸爸媽媽嗎！還是她的說明被店員當成是這樣了！

「無、無論如何，我們先趕去奧菲斯那裡吧！」

引起眾人注意，因而羞紅了臉的莉雅絲這麼說完便快步走了起來！我們也追著她！

在趕路的途中，通道上的其他客人們也都對我們投以好奇的眼光和話語！

「哎呀，那對夫妻看起來才高中生吧？那頭紅髮！就是在說他們吧！」

「的、的確是個看起來沒什麼腦袋又很有臂力的姊姊！」

「自稱天使（笑）。」

「又說有個黑髮大胸部的媽媽……媽媽有兩個嗎？姊姊也很多？看、看來家庭環境相當複雜呢。」

「真的是個一臉很好色的年輕爸爸呢！」

大家都口無遮攔地想說什麼就說！

我們滿臉通紅地只顧著加快腳步！

可惡！可惡——！為什麼我們會碰上這種事情啊！超丟臉的！

「太丟臉了！我暫時不敢來這間百貨公司了啦！」

邊走邊用雙手摀著臉的愛西亞看起來真心覺得丟臉至極！

「抱歉喔，我看起來就是沒什麼腦袋。」

「人家是天使！真的是天使！」

潔諾薇亞和伊莉娜也一副無法接受的樣子。

沒和我們一起行動的萊薩兄妹和小貓現在是不是也因為無辜被牽連而感到丟臉啊？

木場和加斯帕、真羅學姊、羅絲薇瑟或許也察覺到剛才的廣播了吧！

「呵呵呵、對不起。可是、呵呵呵。」

沒有被廣播到的蒼那會長一邊跟著我們走一邊笑得很開心！

好吧，妳就儘管笑吧！雖然我們很想哭！

「呵呵呵，另一個媽媽啊。這個位置也不錯。下次和奧菲斯還有一誠一起來一次出軌玩法或許也很有意思。」

朱乃學姊似乎非常喜歡廣播的說明！加上奧菲斯的出軌玩法也讓我非常感興趣！

應該說，奧菲斯那傢伙就那麼直接地對店員說明了我們的容貌是吧。還是說她把我們告訴她的夥伴們各自的特徵原封不動地說出來了呢。

然後，被叫成媽媽的莉雅絲本人則是——

儘管臉色泛紅，不知為何卻顯得很高興。

「……媽媽。我是媽媽。呵呵呵。一誠是爸爸。這樣啊，說得也是。看起來就是這樣嘛。哎喲，奧菲斯真是的。」

現在是她今天心情最好的時候了吧。儘管因為那種廣播而顏面盡失，還引來好奇的眼光，莉雅絲依然露出了最極致的笑容。

「太慢了。吾，等得很無聊。」

奧菲斯說這種話來迎接我們！

她看起來一點也不覺得自己有什麼錯。她似乎是被吃著棉花糖的小朋友吸引過去，不知不覺就離開內衣專區了。

莉雅絲也沒對奧菲斯生氣，反而還買了棉花糖給她。

「如何，奧菲斯，棉花糖好吃嗎？」

「軟綿綿又甜甜的。好吃。」

「呵呵呵，這樣啊。可是，妳不可以擅自離開我們喔。」

「知道了。」

她溫柔地看顧著奧菲斯的模樣隱約表現出心情很好的樣子。

「也對，媽媽就該要對小孩溫柔才行。奧菲斯，想不想要再來根棉花糖啊？」

「想。」

後來莉雅絲的心情一直都很好。看來，被當成「媽媽」真的讓她非常高興的樣子。從外表來看這個女兒對莉雅絲而言有點太大就是了。

……而我是爸爸啊。莉、莉雅絲的老公……？那、那真是我的榮幸！

小孩啊。總有一天，我也會變成真正的父親嗎？現在我還無法想像。

後來，我們一起繼續逛街。途中，小貓和蕾維兒、萊薩、羅絲薇瑟也和我們會合，大家

在百貨公司裡的餐廳吃了有點晚的午餐。因為人數相當多，我們拆成好幾桌分開坐。

木場他們和真羅學姊好像先回去了。他們那邊如果有什麼進展的話就好玩了。不過看木場的表現和真羅學姊的那個狀況，大概很難突然有什麼進展吧。

和我們同桌的萊薩高興地戳著漢堡排。看他這個樣子，我也產生了興趣。

「萊薩喜歡漢堡排啊！看不出來耶！」

聽我這麼說，萊薩突然漲紅了臉！

「你說什麼，赤龍帝！漢堡排分明就很好吃！倒是你這傢伙，漢堡排居然配味噌湯！就是因為這樣我才會說原本是人類的傢伙吃飯時老是弄出一些野蠻的組合，真傷腦筋！」

「你說什麼！漢堡排和味噌湯明明就很搭！」

少瞧不起日本人！只要有白飯和味噌湯，幾乎什麼都能拿來當主菜！烤小鳥不懂啦！

「真是的，一誠先生和兄長大人都一樣，不要為了漢堡排吵架！」

蕾維兒介入我和萊瑟兩人之間試圖制止！

「吾，喜歡漢堡。」

「……米俵型漢堡是最棒的。」

坐在她旁邊的奧菲斯和小貓則是默默把料理送進嘴裡。西迪眷屬也在別的座位開心地吃飯，但只有匙的心情始終很低落。

就算你的心上人以為你很好色也沒關係吧！我還不是活得好好的！

不過，總覺得好像已經很久沒有像這樣和平又開心地聚餐了。

但在我們吃飯的時候，其他客人對我們投注的好奇眼光從來沒斷過就是了！畢竟剛才的廣播已經讓我們的資料被大家知道了……

話說回來，雖然是偶然，這個假日聚集到百貨公司來的熟人數量還真是多得嚇人呢……這間百貨的惡魔率也太高了吧……

這也是龍神大人的庇祐嗎？不，應該不會吧。

「我們最後繞去百圓商店如何！今天發生了好事，所以我決定不惜血本，拿五百圓出來買東西！」

羅絲薇瑟自豪地高舉她的戰利品，眼神閃閃發亮。根據奧菲斯的描述，她是感覺沒什麼福分又窮酸的銀髮姊姊……確實吻合。

……我覺得今天逛街逛得最盡興的就是羅絲薇瑟了吧。

其3．∞的「New Life.」

百貨公司內的廣播，後來不知為何也傳到學校裡面，我們成了「在百貨公司引起騷動的高中生夫妻和其他家人」，短時間內成了熱門話題。

當然，一切都是誤會……不過這也表示那段店內廣播就是那麼好笑吧！我從來沒有這麼丟臉過！

「一誠！你和莉雅絲學姊之間已經有小孩了是怎麼回事！」

「你已經搞出人命了嗎！才高中就奉子成婚了嗎！不可原諒！」

現在只有松田、元濱這兩個笨蛋針對這件事對我死纏爛打就是了！

然而，最重要的奧菲斯在逛街的時候看起來很開心，也順利穿起內褲了。

然後，莉雅絲看起來也相當高興。雖然發生了很多事情還丟了臉，不過能看見大家平常看不到的一面，這次逛街應該算是非常成功吧！

我好不容易逃離了松田和元濱。不知不覺間，我已經來到了舊校舍旁邊。

我不經意地抬頭一看，看見奧菲斯從二樓的窗戶眺望著外面的風景。

那傢伙跑到學校來了啊。她偶爾會透過魔法陣跑到學校來……不過，目前為止她還沒有離開過舊校舍就是了。

而我和奧菲斯對上了眼。

「一誠，今天是晴天。」

望著萬里無雲的藍天，龍神這麼說。

「……吾來到這裡之後，變得經常看人類世界的天空。似乎。」

……這個傢伙的故鄉──次元夾縫，是個看起來像萬花筒的空間。

「吶，奧菲斯。這邊的天空和妳的故鄉比起來如何啊？」

聽我這麼問，號稱無限的龍神靜靜地微笑。

「不差。」

這樣啊。不差是吧。既然如此，我想一定沒問題。在這裡妳一定待得下去。

因為這裡沒有人會欺負妳。也沒有任何人會找妳要蛇喔。

「改天我們再去逛百貨公司吧。」

「值得期待。」

是啊，和奧菲斯在一起雖然不輕鬆──不過相對地，也有值得期待的樂趣。

Infinity Underwear.2

——曾經有過這麼一段呢。

那次去逛街都已經是一年前的事情了，真是教人驚訝。

看著老媽和龍神姊妹晾衣服的光景，我回顧著當時的回憶，這時，輪到九重來到樓頂的模樣映入我的眼中。

九重也拿著洗衣籃過來了。

「我也要晾衣服、菲斯大人、莉絲大人！」

說著，九重踩著踏台一一將自己洗好的衣物晾到曬衣桿上去。

「洗衣，晾衣。」

「晾。」

「晾衣服了。」

看著奧菲斯、莉莉絲、九重一邊談笑一邊晾衣服的模樣，真是治癒效果十足啊。只有這個時間，讓我強烈感覺到和平。

正當我像這樣不禁莞爾地望著這三個小女孩時，一個洗衣籃忽然出現在我的面前。

來到我面前的老媽對我說：

「裡面也有你的衣服，過來幫忙吧。」

「遵命。」

我離開椅子，拿著裝有自己的衣服的洗衣籃走向曬衣場。

在片刻的和平當中，有過這樣的互動——

後記

大家好。我是石踏一榮。

這次是睽違已久的短篇集。上次的《DX.4》是以完全新稿的方式描寫「阿撒塞勒杯」的兩場比賽，所以正式的短篇集已是從《DX.3》以來，時隔一年半了。

上一本《真惡魔高校D×D》第二集的後記中明明告知過「下一本是《真D×D》第三集」，為什麼會變成短篇集的《DX.5》呢，後記的後半會另做說明。

那麼，首先是各篇故事的解說。刊登在雜誌上的部分和補充性質的新稿大致上不規則地以穿插的方式收錄成冊。

〈復活的？不死鳥〉——時間順序．無印版17～19集之間

萊薩的「主教」名額因為蕾維兒被交易出去而產生了空缺，所以有了相關故事。話雖如此，內容還真是相當混沌呢……一下子跑出河童、雪猩猩、名古屋交趾雞、巴果君……現在看起來根本是憑著氣勢寫到底，這一點也讓我感到非常懷念。

〈Unknown Dictator.〉——時間順序・「阿撒塞勒杯」預賽期間

同是和菲尼克斯相關的故事。針對最近在本篇引發討論的操縱機械的新神滅具「機界皇子」進一步交代設定的短篇新稿。這應該是第一次讓美國的特工登場。覺得偶爾有個ＣＩＡ角色出現也不錯就讓他登場了。馬格努斯的概念是漫威作品的飛行系英雄。

雖然加入了「不死鳥」隊，但感覺和絲格維拉搭在一起也不錯。

關於馬格努斯・羅茲，計畫上總有一天會讓他在本篇登場。

〈潘德拉岡家的女僕〉——時間順序・無印版17～19集之間

為了進一步交代亞瑟和勒菲的設定而寫的一篇。伊蓮小姐在本篇連一點戲分都沒有，所以我在重看這篇故事之前也幾乎忘掉她是怎樣的人了。今後有機會的話也想活用她。

〈Collbrand.〉——時間順序・「阿撒塞勒杯」預賽後

重看〈潘德拉岡家的女僕〉之後就很想寫的短篇新稿。

交代亞瑟和伊蓮的後續，並提及新神滅具「深潭的蓋世王冠」的故事。完全只是覺得既然把「機界皇子」的持有者設定成ＣＩＡ了，那麼就把「深潭的蓋世王冠」的持有者設定成英國王室的相關人士看看好了。總有一天，我會在勒菲篇提及這個部分。這算是序章性質的故事吧。

雖然是自己寫的，不過我很想為亞瑟加油。

〈英才教育過夜趴〉——時間順序・無印版17～19集之間

想要進一步交代托斯卡的事情而寫的一篇。這孩子在本篇中登場的時間不多，希望各位在看過這個故事之後能夠多想想她。

話說回來，桐生這個人……對教育有不良影響！可是，以愛西亞為首，要和教會方面的女生聯絡感情她可以說是專家，所以還是很有用。

最後莉雅絲和托斯卡的互動，身為作者的我也很喜歡。

〈一路向西！〉——時間順序・無印版17～19集之間

想寫瓦利的故事就寫了這篇。要寫瓦利的時候，融入和西遊記有關的因素是最方便的，所以就決定讓現任豬八戒和現任沙悟淨登場。這兩個人是在這個故事首次登場。說到沙悟淨，在日本就會有到底是不是河童的問題，所以理所當然地，沙羅曼蛇・富田就登場了。

應該說，看完整本《DX.5》就發現黑歌的戲分還真多。

〈Salamander Tomita.〉——時間順序．「阿撒塞勒杯」預賽後

決定《DX.5》的架構（要放的故事）之後整體重看了一遍就覺得，總而言之，沙羅曼蛇．富田太搶戲了！應該說，短篇中經常出現他的名字，第一次登場時還和黑歌戰鬥過……又是神子監視者的怪人……

催生角色的我自己也不太懂這個河童，不過總覺得他有種奇妙的魅力，就在一時興起和衝動之下讓他變成瓦利隊的候補隊員了。這樣就可以重現原作版西遊記和日本版西遊記的成員了呢。

這個河童的說話方式在不同故事中也會不一樣，這點我也發現了，但是覺得說話方式不統一也很有趣，所以故意不修改。

順道一提，他在妖怪中也是超級天才河童，所以每次登場都會變強。我就這麼設定了。

老實說，我也不太懂最上級河童是怎樣……

〈公主們的IKEBANA〉——時間順序．無印版22集左右（向莉雅絲求婚後）

個人覺得非常有《D×D》短篇的風格，非常喜歡。

總之想用莫名其妙的要素把一切寫得有趣又搞笑而完成的一篇故事。絲格維拉果然是個

非常適合短篇的角色。

不過，最令人驚訝的是木場淡定又自然地女體化了……木場時不時就會變成女生，作者本身有時候也搞不清楚這傢伙到底是男是女。

〈Kimono Girl?〉——時間順序．「阿撒塞勒杯」預賽期間

想在新稿部分也提一下托斯卡而寫的短篇。我完全無法想像一誠的女體化，所以絕對不會寫。

〈黑歷史的白龍皇〉——時間順序．無印版24集後

由於同一世界觀的《墮天的狗神 -SLASH DØG-》正式開始出版，同時也想讓本篇當中也有過互動的刃狗隊及冰姬拉維妮雅登場而寫的故事。既然要讓拉維妮雅登場，瓦利當然也得登場才行。也算是第二十四集當中提到的黑歷史筆記的補充故事。

七瀧詩求子這個角色在原本刊登在雜誌上時沒有登場，是收錄在本書當中時增補的部分。獨立具現型的四凶「饕餮」有三隻，對於看過《墮天的狗神 -SLASH DØG-》的讀者而言恐怕是最感驚訝的場面吧。

其中的來龍去脈希望有機會在《墮天的狗神 -SLASH DØG-》的續篇，或《真D×D》中提及。

刃狗隊（包括協助人員）和其他成員，所以我希望之後能夠在《D×D》的時間軸當中讓他們登場。

〈Restaurant.〉——時間順序．「阿撒塞勒杯」正式賽期間

以時間順序而言是最新的新稿。剛成為一誠眷屬的英格薇爾德也出現了。關於由幾瀨鳶雄擔任廚師的餐廳，在〈黑歷史的白龍〉當中也提到過，所以才寫了這篇補充性質的短篇新稿。也寫到了曹操和瓦利的日常這種平常看不到的部分。

和瓦利併桌的童門玄武是來自《墮天的狗神 -SLASH DØG-》的出差角色。對她和瓦利的關係感到好奇的讀者請洽《墮天的狗神 -SLASH DØG-》。

〈超級英雄的考驗〉——時間順序．無印版24～25集左右

想交代新生英雄派而寫的故事。之前，我曾經去柴又（以及柴又帝釋天）採訪過，那時候就想到要寫這樣的故事。

有個會將拖把比作聖槍的搞笑曹操，新成員當中又有桃太郎、孔明，感覺陣容越來越愉快了呢。

〈Infinity Underwear.1〉——時間順序．「阿撒塞勒杯」正式賽期間

以時間順序而言是最新的。關於在這篇之後的〈我家龍神大冒險〉，感覺以回顧過去的方式收錄，對第一次看的讀者應該比較容易理解，和編輯討論過後，才穿插了這個極短篇。因為時間順序原本就已經夠混亂的了。

即使是好色成性的一誠，偶爾也會想一個人在樓頂喝可樂。

〈我家龍神大冒險〉——時間順序．無印版12集後不久

在《DRAGON MAGAZINE》以第12．5集的型式製作成一整本附錄的中篇小說。

奧菲斯來到兵藤家，所以大家為了如何讓她住得安穩而吃盡苦頭的故事。愛西亞的胸部在這個時候還是普通大小。之後就開始急速成長了。

這個故事在這本《DX．5》當中是最舊的一份稿子，已經是二〇一二年的東西了，也就是大約七年前的原稿。既然是這麼久以前的東西，無論是文體，還是一誠的心境，都和現在有些許不同，在感到新鮮的同時，身為作者的我自己也發現了隨著年齡而來的積累。

這個時候的一誠和自己的文章都好年輕啊……會這麼覺得的我，是不是老了一點啊。三十多歲的前半和後半相比，思考方式、對於事物的感受方式都會有些改變呢。

最近以年齡而言對阿撒塞勒和阿傑卡開始產生親近感了。

〈Infinity Underwear.2〉——時間順序．「阿撒塞勒杯」正式賽期間

〈Infinity Underwear.1〉的後續。寫個幾頁平凡無奇的和平日常也很不錯。

——各篇故事的解說到此為止。

好了，關於後記一開始提到的「為什麼從《真D×D》第三集變成《DX.5》了」的來龍去脈……

目前，我正在治療高血壓。因為去年（註：二〇一八年），過勞讓我的身體狀況大打折扣。

其實，在寫上一本《真D×D》第二集的時候（去年秋天）身體狀況變得很差，不時頭痛，嚴重心悸，累得想睡卻睡不著，陷入了這種難受的狀況。

後來，身體狀況在外地惡化就直接去醫院了。做了檢查的結果，雖然不是什麼大病，但是被診斷出高血壓來了。

血壓曾經短暫升高到將近兩百，工作時的頭痛、心悸、失眠等等，身體之所以長期出狀況，原因也都是過勞造成的高血壓的樣子。

除此之外肩頸、手臂也發現了狀況（疼痛）。這個問題是出在頸部的骨頭異常。原因是長期一直維持同樣的姿勢看電腦。

目前正在以藥物治療血壓和脖子的異常，同時也配合靜養。

血壓的部分能夠早期開始治療是不幸中的大幸。如果再稍微晚一點的話，加上過勞，說不定會在腦部或心臟出現嚴重的症狀。

二〇一八年有《D×D》和《SLASHDØG》的寫作＋第四次動畫化的《惡魔高校D×D HERO》上檔＋Blu-ray & DVD特典小說《惡魔高校D×D 0》的寫作＋作品十週年紀念書＋各種採訪＋各種確認＋對談活動等，工作量是有史以來最高，讓我的身體撐不住了。

因此，二〇一八年的年底和二〇一九年的年初我都在治療和靜養。因為我已經沒有體力寫完長篇了（尤其是要寫動作場面的體力還不能算是萬全）。這就是這次從本篇變成短篇集的理由。

話雖如此，在本書出版的時候應該已經是改善許多的狀態了吧。續集的《真惡魔高校D×D》第三集和《墮天的狗神 -SLASH DØG-》第四集我一定會寫，麻煩各位再等一下。

交代完我的身體狀況之後，以下是答謝的部分。

みやま零老師、責編T先生，這次也非常感謝兩位的照顧，同時也給你們添麻煩了。

希望下次真的能為各位送上《真惡魔高校D×D》第三集。為此我也要好好調整身體狀況，盡可能找回寫作的步調。

《真D×D》第三集就像上次告知的是新京都篇，同時也是九重（與八坂）篇。請各位靜候佳音。

惡魔高校D×D 1~25（完）

作者：石踏一榮　插畫：みやま零

Kadokawa Fantastic Novels

一誠為了阻止羅絲薇瑟的相親，將前往乳海獲得足以匹敵神祇的力量！

羅絲薇瑟要和北歐神話的主神——維達先生相親！害我在滿心鬱悶的狀況之下迎接相親當天。當天喝得爛醉的羅絲薇瑟……「很遺憾的，窩已經決定要當一誠的老婆惹！」既然她都說成這樣了，我也該有所覺悟！

各 NT$180~250/HK$50~75

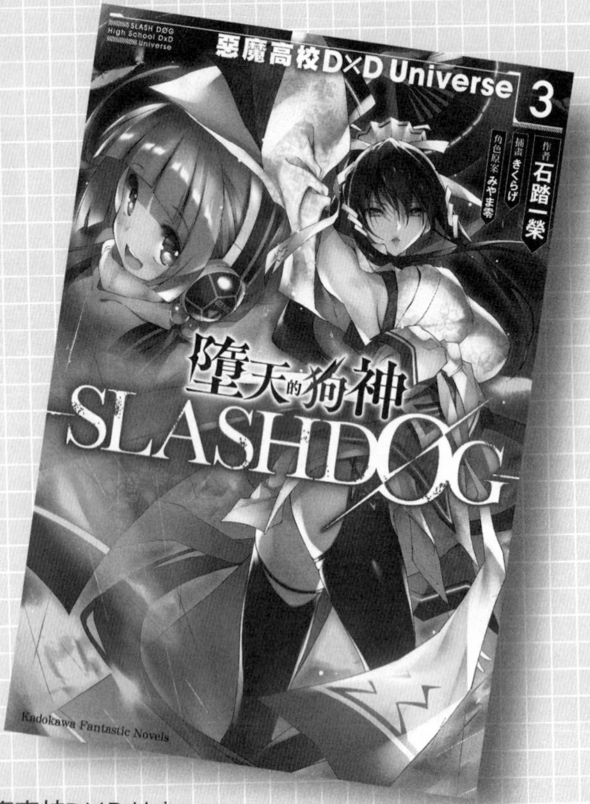

惡魔高校D×D Universe

墮天的狗神 -SLASHDØG- 1~3 待續

Kadokawa Fantastic Novels

作者：石踏一榮　插畫：きくらげ　角色原案：みやま零

愛情爭奪戰逐漸升溫——
離群的驅魔師弗利德與日本妖怪接連來襲！

刃狗透過訓練使他的能力獲得飛躍性的成長，為完成總督阿撒賽勒交付的護衛任務而前往目的地，卻碰上了弗利德與日本妖怪的襲擊，為了拯救大家，鳶雄和朱雀進行儀式，讓沉睡於體內的嶄新力量獲得覺醒！

各 **NT$200~240/HK$67~80**

14歲與插畫家 1~4 待續

Kadokawa Fantastic Novels

作者：むらさきゆきや　插畫、企畫：溝口ケージ

「……插畫家們都很喜歡輕小說嗎？」
最真實的日常生活第四集登場！

在網路上博得強大人氣的繪師「白砂」被選為小倉麻里新作品的插畫家，卻不斷遭到退稿而困惑不已，於是來到COMIKET尋求悠斗的意見……另一方面，終於不小心說溜嘴的茄子，以此為契機開始向悠斗傾訴自己的心情——

各 **NT$180~200/HK$55~67**

創始魔法師 1~5（完）

Kadokawa Fantastic Novels

作者：石之宮カント　插畫：ファルまろ

穿越龍之勢力的危險之旅，與「滅龍英雄」命運般的邂逅——

以靈魂之光當線索，啟程尋找第一個學生。這是一趟得穿越人類最大威脅的龍之勢力範圍的危險旅程。而終於抵達遙遠東方的真白國時，遇見了身穿純白鎧甲的「滅龍英雄」愛伊沙，這命運般的邂逅將——？以龍族魔法師為首的奇幻年代記終於迎來精采完結！

各 **NT$240/HK$80**

國家圖書館出版品預行編目資料

惡魔高校DxD. DX.5, 超級英雄的考驗 / 石踏一榮作 ; kazano譯. -- 初版. -- 臺北市 : 臺灣角川, 2020.10

面 ; 公分. --

譯自 : ハイスクールD×D. DX.5, スーパーヒーロートライアル

ISBN 978-986-524-035-6(平裝)

861.57 109012110

Kadokawa Fantastic Novels

惡魔高校D×D DX.5
超級英雄的考驗

（原著名：ハイスクールD×D DX.5 スーパーヒーロートライアル）

2020年10月19日　初版第1刷發行

作　者：石踏一榮
插　畫：みやま零
譯　者：kazano

發行人：岩崎剛人
總編輯：蔡佩芬
編　輯：高韻涵
美術設計：黃永漢
印　務：李明修（主任）、張加恩（主任）、張凱棋

發行所：台灣角川股份有限公司
地　址：105台北市光復北路11巷44號5樓
電　話：（02）2747-2433
傳　真：（02）2747-2558
網　址：http://www.kadokawa.com.tw
劃撥帳戶：台灣角川股份有限公司
劃撥帳號：19487412
法律顧問：有澤法律事務所
製　版：尚騰印刷事業有限公司
ISBN：978-986-524-035-6